'위 · 즈 · 덤 · 하 · 우 · 스'는 새로운 시대를 이끌어가는 지혜의 전당입니다.

열 줌도
리필이 되나요?

월급도 리필이 되나요?

초판 1쇄 인쇄 2006년 3월 30일   초판 1쇄 발행 2006년 4월 3일

글 · 그림 지종현 **펴낸이** 김태영

기획 진용주

기획편집 2분사_ 편집장 김일희 **책임편집** 정소연
1팀_고정란 김은정   2팀_정소연 강정애   디자인_김미영

상무 신화섭 **콘텐츠기획** 노진선미 이유정 이화진   **제작** 이재승 송현주
마케팅 신민식 정덕식 권대관 송재광 임태순 박신용 김형준   **영업관리** 이재희 김은실
인터넷사업 정은선 김미애 왕인정   **홍보** 김현종 허형식   **광고** 김정민 이세윤 임효구 임동현
경영지원 하인숙 김범수 봉소아 김성자 최준용   **인사교육** 송진혁

펴낸곳 (주)위즈덤하우스 **출판등록** 2000년 5월 23일 제13-1071호
주소 서울시 마포구 도화 1동 22번지 창강빌딩 15층 **전화** 704-3861 **팩스** 704-3891
홈페이지 www.wisdomhouse.co.kr
출력 엔터 **종이** 화인페이퍼 **인쇄·제본** (주)현문

ⓒ지종현, 2006   ISBN 89-89313-79-1 03810

퍼굴이의 사계절 무한情 리필 프로젝트

월급도 리필이 되나요?

지종현 글·그림

위·즈·덤·하·우·스

생각을 조금 바꿔보시라
'언젠가'가 아니라
'지금'이 가장 좋은 날이다.

김 구 라
(개그맨, KBS 〈김구라의 가요광장〉 DJ)

『월급도 리필이 되나요?』를 쭉 보고 나서, 어지간한 상황에서는 별로 당황하지
않는 김구라지만 조금 난감했다. 대학 시절에 개그 공채 합격해서 나름대로 개
그맨 간판 달고 살았고, 물론 중간에 연극도 해보고, 호프집도 해보고, 이벤트
회사(같지도 않은 회사지만)도 해보고 나름대로 별짓 다 하고는 살았지만 직장

생활은 안 했던 김구라. 그런데 월급쟁이들 사는 얘기로 꽉 찬 이 책에다가 추천사를 쓰라니? 이거이거, 어째 번지수가 잘못된 거 아닌가?

그런데 가만. 생각해 보면 나 같은 연예인도 그 신세는 적장인과 비슷할지도 모르겠다. 내가 작곡가처럼 인세가 푸짐하게 들어오길 하나, 가수처럼 판 팔아서 떨어지는 돈이 있나. 탤런트나 영화배우처럼 CF가 있길 하나. 나도 수입원은 방송국에서 들어오는 출연료, 일명 '파우처' 아닌가. 즉석복권 긁는 심정으로 통장 찍어보고, 통장에 '입금'이라고 찍히면 좋고, 찍힌 게 없으면 '아니 이 인간들은 왜 돈을 안 넣어줘?' 하고 괜히 성질나고. 그렇네… 월급 인생이나 파우처 인생이나, 그게 그거구만. 파우처는 월급처럼 정기적으로 들어오는 게 아니라는 거 빼고는 별로 다를 것도 없네.

뱅글뱅글 돌아가는 하루하루가 일주일이 되고 일 년이 되고, 그렇게 한 살한 살씩 나이를 먹어가고… 그나마 그렇게 희망이 가물가물한 생활에 버팀목이 되는 건, 때마다 바닥난 통장 잔고와 카드 한도를 리필시켜 주는 월급일 거다. 그리고 그놈의 리필 때문에 직장이 아무리 짜증나고 열 받아도 다닐 수밖에 없는 거고. 특히 나처럼 마누라에 아이까지 있다면, 당장 때려치고 싶어도… 으휴

한숨 한 번 쉬고 아무한테도 안 들릴 만큼 톤 조절해서 '에이 띠블' 한번 내뱉고 꾸우욱~ 참아야지 뭐.

뭐 이쯤 되면, "아 내 인생 정말 처량하구만" 할 퍼굴이들이 꽤 많을 것 같다. 하지만 너무 실망할 일 아니다. 퍼굴이들의 희망은 소박하지 않은가. 아쉽지 않을 만큼 알뜰하게 모으고, 행복한 가정 꾸리고, 잘 커가는 아이들 모습 보면서 기쁨을 느끼고, 그래도 많은 퍼굴이들은 이런 희망을 이루고 살지 않냔 말이지.

패스트푸드 점에서 콜라를 시키더라도. 돈 더 주고 라지 시킬 필요 뭐 있나? 작은 거 시켜서 리필해 먹으면 되지. 살아가는 희망, 살아가는 행복의 크기가 라지가 아니라 레귤러면 뭐 어떤가. 리필만 때마다 잘 되면 다를 거 별로 없지. 라지 인생, 겉보기에는 큼직하지만 그만큼 비용도 더 들고, 더 무겁고, 엎지르면 옷도 더 많이 젖는 법이다. 아마 많은 퍼굴이들은 오늘도 집을 나서면서 이렇게 생각할지도 모른다. "뭐 나도 언젠가 좋은 날 오겠지!" 하지만 생각을 조금만 바꿔보시라. '언젠가' 가 아니라 '지금' 이 좋은 날이다.

이 책에 그려져 있는 우리들의 하루하루. 언젠가는 그때가 그리워지고, 그때가 좋았는데… 싶은 생각이 들 거다. 그러니 대한민국의 모든 퍼굴이 여러분들! 이런 좋은 날을 좀더 기운차게, 좀더 재미있게 살아보자고. 언젠가 오늘이 그리워질 때, 기왕이면 열 배 스무 배 더 그리워지도록 살아보면 더 좋잖아?

무한情
리필해드립니다

예전에 이런 그림을 그린 적이 있습니다.

당신이 직장 생활에서 가장 원하는 것은 무엇인가란

물음을 담은 그림이었습니다.

그림을 보고 많은 분들이 진솔한 마음을 답글로 남겨주셨습니다.

얼핏 연봉 이야기가 아닐까라는 생각을 했는데…

아니었습니다.

가장 긴 꼬리가 달린 글은 일터에서

따뜻한 마음을 나누고 싶다는 것이었습니다.

출퇴근길 동무인 우리 직장인들이나,

예비 직장인들이 간절히 바라는 것은

인간미 넘치고, 훈훈한 정이 끊이지 않는

직장 생활이었습니다.

그렇습니다.

우리는 물질적 가치보다

따뜻한 마음을 나누고 싶어합니다.

일상에서 서로 기대고 위로해주며 아끼는 그 마음을요.

잘하는 일에는 잘한다는 칭찬을

잘못할 때는 다독거림이나 따끔한 충고를

우울한 동료에게는 즐거움을

쓰러진 동료에게는 다시 일어설 수 있도록

손을 내밀 줄 아는 배려를 원합니다.

우리가 진정 바라는 것은 월급의 리필이 아닐 것입니다.

리필이 가능한 그 봉투에 진심으로 담고 싶은 것은

무한情 리필이 되는 마음일 것입니다.

세월이 흘러 월급이 사라져도 우리가 나누고 채운 마음은

만기가 없는 적금처럼 쑥쑥 자라 든든한 친구가 되어 있을 겁니다.

눈에 보이는 물질적 리필이 아닌

마음과 마음을 나누는 '정'의 리필이

퍼굴이와 함께 무한情 이루어지길 바라며….

잭 존슨의 〈Better Together〉를 들으며

지종현

내 삶의 무게를 담은 무거운 주사위를 들어
과감히 던질 수 있는 힘을 주소서….

우랏샤!

희망의
푸른 신호등이 켜진 날

빠 그 당!

끄억!

따뜻하고 상쾌한 비였다… 봄이 멀지 않았나 보다….

휴일의 교차로에서...

해외여행이 가고 싶은데... 돈도 돈이거니와...
회사 때문에 도저히 짬이 안 납니다...
가까운 강원도라도 가서 머리 식히고 싶은데...
역시 출근이 걱정입니다...

월급쟁이의 고민은 많은편 신호등에 파란색 불이 들어오면
끝이 납니다...
그리고 다음 신호에서 다시 고민하겠지만...
또 직진...
자! 모두들...월요일 신호에 힘차게 출발들 하셨죠?

교차로에서 아직도 머뭇거리세요? 출발하세요!
휴게소는 반드시 우리 앞에 나타난답니다. ^ ^

봄날의 푸른 하늘 같은 밝은 미래를 꿈꾸게 해주세요….
네!

첫인상… 상당히 중요하다…
처음 출근한 첫날, 친해지겠다고 나불나불 많이 떠들면,
프락치 내지는, 바보로 오인받기 쉽다…
그렇다고 우울 모드로 꼼짝 않고 있으면,
말 못하는 무능력자나, 멍청이로 오인받을 수 있다.
가장 좋은 것은 웃는 얼굴로, 필요한 말만…
그리고 눈은 똥그랗게 반짝반짝… 아… 첫날은 힘들어….

씨익…

퍼.굴.이.가.라.사.대. 결론은 오버하지 않고, 조용히 분위기 파악하는 것이 제일 좋
다는 것이다. 그후에 조금씩 본색을…. ㅋㅋㅋ

다리를 편·안·히 어깨넓이
·안쪽으로 벌리고,
공손하게 제자리에 서세요.

머리를 ·약간 ·앞쪽으로....
동시에 ·약간 수그리시고,
·어깨에 힘을 부드럽게 뺀 다음
두 손을 ·앞으로 모으세요.

눈을 수줍은 듯 내리깔고,
꼬리도 조용히 ·아래로 내리세요.
·아참... 시선은 살짝 정면을...

손을 가볍게 비비면서
귀여운 웃음과 함께....
한 마디 꼭 ·잊지 마세요.

헤헤... 따당님...
넥타이가 멋지십니다.

사삿...사삿...사사삿...

대한민국 직장에서 빨리 성공하는 법입니다.
아참… 실력은 잊어버리세요.

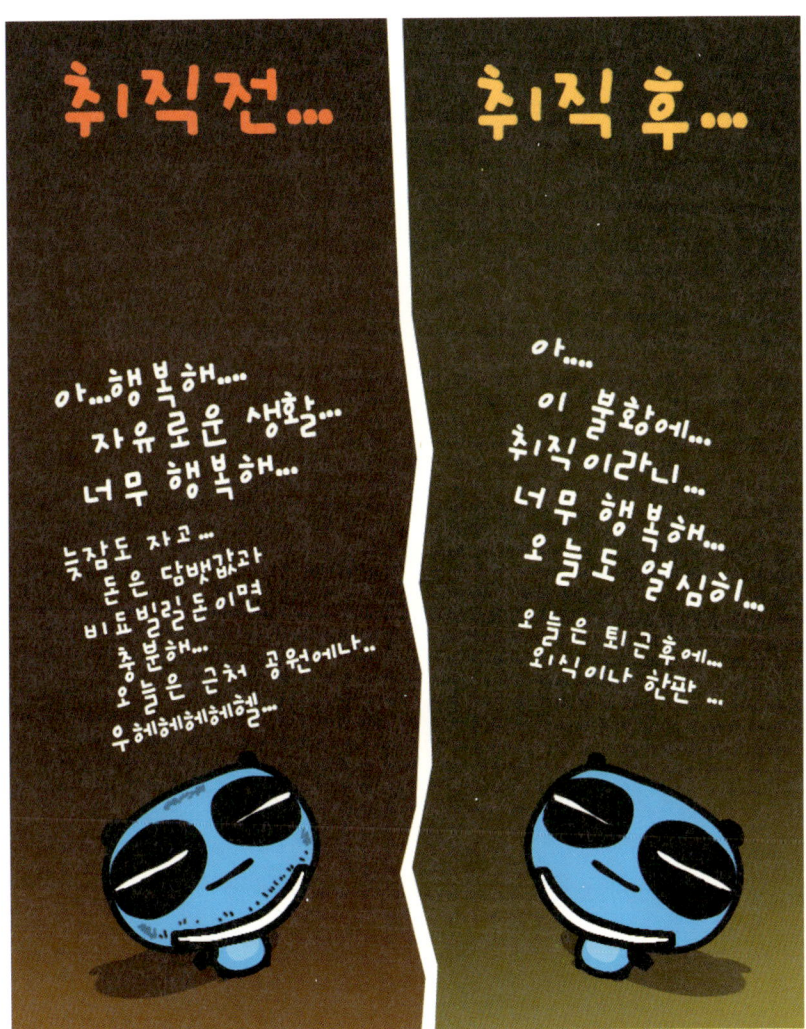

역시… 우산 장수와 부채 장수를 아들로 둔 어머니 마음과도 같아지는군.
행복은 상황 그 자체에 있다!

전염병은 빠르게 퍼진다….
초고속으로 퍼지는 행복바이러스는 어디 없을까?

나는 졸지 않는다…
다만 더 나은 Creative를 위해 괴로워하고 있을 뿐…
커흑… 컥컥… 푸쉬… 푸쉬… 커컥…
저 괴로워하는 소리가 들립니까?
봄날의 따스함과 평화로움을 승화시키려는
저 안쓰러운 표정을….
아! 이미 무아지경 속에서 사투를 벌이고 있음을….

퍼.굴.이.가.라.사.대. 제길… 의자에 목받침이 없으니… 목이 꺾여… 고민하기도 힘이 드는군….

그의 방탄신공은 너무나 막강하여 마스터에게 아는 것 많고,
착한 인재로 오해받기도 한다.

우리가 살고있는 이 작은 세상의 한 부분에...
우리가 얼마나 감동을 느끼는지.......
또 행복을 느끼는지........

이번 주말에 담아볼까 합니다.

1/4   F2.6   ISO200   4"

그리고 그 나머지 못 담아낸 부분 역시
우리가 행복을 느껴야 할 세상이란 것도… 잊지 맙시다.

3월
바야흐로 봄기운이 완연해질 시기…
그래도 우리는 미래를 향해 진격해야 합니다.
진 겨 억 !
그러세여…
때가 어떤 때인데…
봄이 뭐 별거 있나요…
자자! 일해야지!
야근이 끝나는 그날까지 한눈 팔지 말고 진격!

퍼.굴.이.가.라.사.대. 진격… 미리 방향 좀 알려줘!

spring

회색도시에.. 어김없이 푸른색을 깨우는 봄비가 왔습니다.
아직은 이 추저분한 회색빛을
푸른빛으로 물들일 수 있다는, 희망일까요?
아님 하늘의 끊임없는 노력인가요?

절대 못 뚫을 거 같은…
삭막한 회색 콘크리트 틈으로 파란 싹들이 올라올 때….

상자를 넓히기보다는 상자를 버리는 당연함을….
우리 모두는 잊고 사는지도 모릅니다.

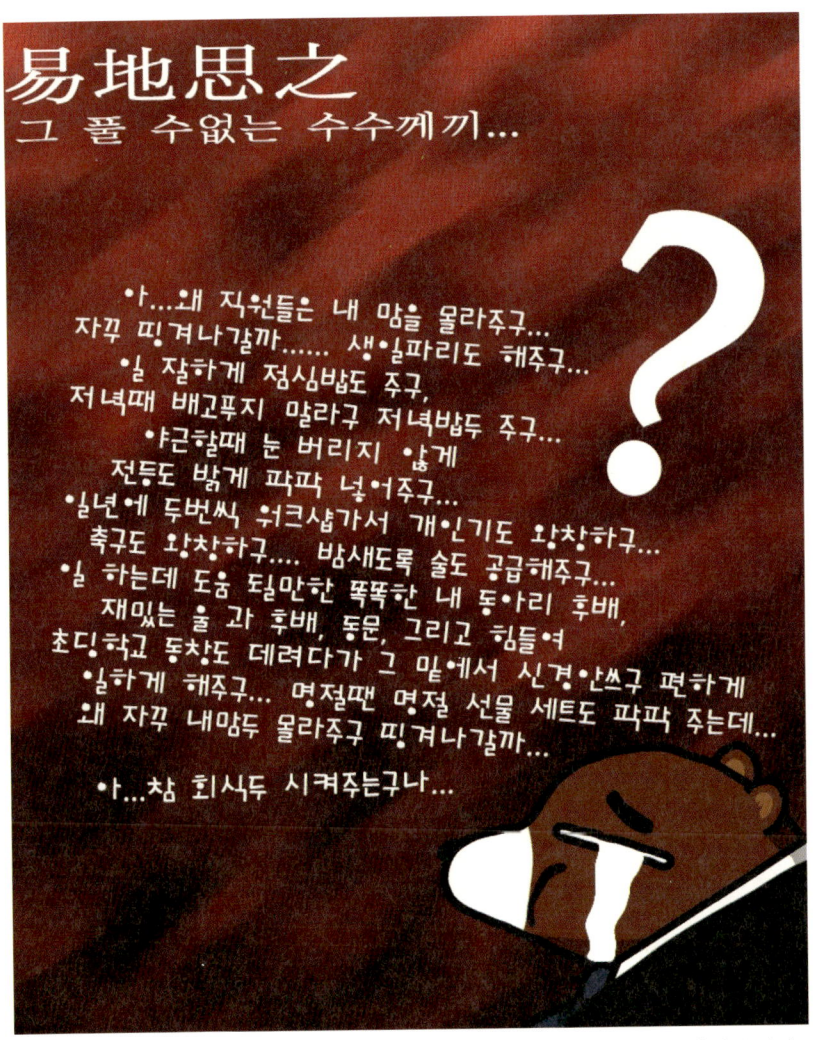

易地思之
그 풀 수없는 수수께끼...

•아...왜 직원들은 내 맘을 몰라주구...
자꾸 띠겨나갈까...... 생•일파리도 해주구...
•날 잘하게 점심밥도 주구,
저녁때 배고푸지 말라구 저녁밥두 주구...
•야근할때 눈 버리지 않게
전등도 밝게 파파 넣어주구...
•일년에 두번씩 워크샵가서 개•인기도 왕창하구...
축구도 왕창하구.... 밤새도록 술도 고급해주구...
•일 하는데 도움 될만한 똑똑한 내 동•아리 후배,
재밌는 술 과 후배, 동문, 그리고 힘들여
초딩학교 동창도 데려다가 그 밑에서 신경•안쓰구 편하게
•일하게 해주... 명절땐 명절 선물 세트도 파파 주는데...
왜 자꾸 내맘두 몰라주구 띠겨나갈까...

•아...참 회식두 시켜주는구나...

... 우리 모두 고민해봅시다.
그들과 나의 입장 모두를.

29

易地思之
그 풀 수 없는 수수께끼…
아…띠불 뭐 일 하나 하려면 와서 이런 참견, 저런 참견,
선 하나도 내 맘대로 못 그리게 하고…
어디서 본 거는 그리 많은지 베끼자는 건 왜 그리 많아…
일정도 이상하게 짜고는 맨날 필요도 없는 야근이나 하게 하고.
그나마도 삽질해놓으면 딜레이에 캔슬에
워크숍 가는 건 좋다 이거야
어찌된 일정이 도착하자마자 절라 땀빼는 이벤트에,
저녁밥 먹고 나면 7시부터 12시까지 개인기 자랑에
다음날은 아침 먹자마자
체육대회에… 자유 시간 가지면 쿠데타 일어나냐?
허구한 날 지 친구들 불러다 자리마다 떡 하니 앉혀놓고
하다못해 실무 경험이나 있는 애들을 불러다 앉히든지…
그래도 점심 주고 생일 때 빵이라도 자르니까 내 버틴다.
아…참 회식도 시켜주는구나.

퍼.굴.이.가.라.사.대. 역지사지 직딩이편… 우리 모두 고민해봅시다….

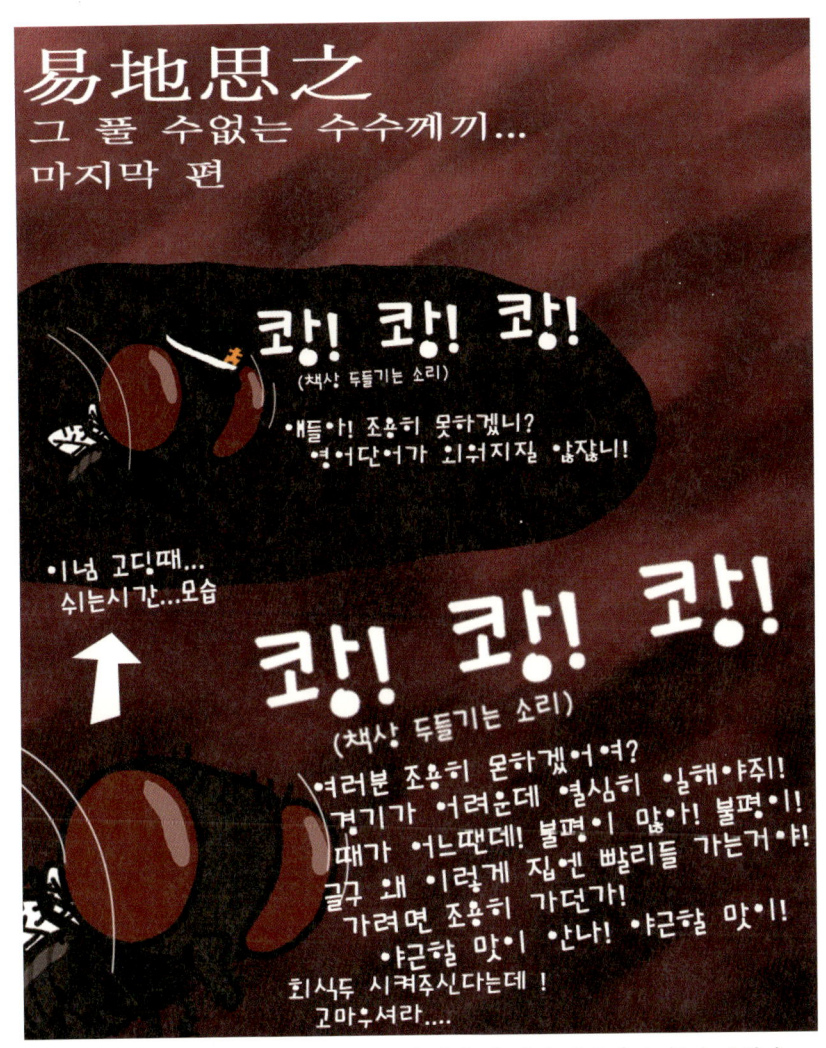

영원히 네 맘과 내 맘이 같아질 수 없단 말인가….

허구한 날 뭔가 부족하다 생각했는데…
오랫동안 잊었던.
그 뭔가, 짜릿짜릿하고
두근두근거리는
전기 코드가 빠져 있었다….

퍼.굴.이.가.라.사.대. 언제부터… 아무런 자극 없이 살았을까.
누구 내 코드 좀 꽂아줄 사람?

가지고 싶다.
이런… 4월 달력.

퍼.굴.이.가.라.사.대. 한번 만들어 팔아볼까나….
우리가 진정 원하는 것은 단지 달력뿐일까? ㅋㅋㅋ.

spring

허둥지둥하는 아침보다는
치밀한 계획 속에 여유로운 아침을….

이것저것 챙겨도 왜 그리 빠지고 비는 게 많은지…

이 시대의 최고의 커뮤니케이션은
바로…Yes Sir!

발명되면 모두 공동구매를 추진해봄직한….

현실은 같을지언정… 생각의 차이로 행복과 우울이 나뉩니다.

입이 귀밑까지 찢어진다라는 말은
토요일 오후 1시
퇴근 시간에 칼퇴근하는
옆 동료의 얼굴을 보면
실감할 수 있습니다.

퍼.굴.이.가.라.사.대. 반대로 입이 댓 발로 나와 있다는 것은 일요일까지 근무해야
하는 동료의 얼굴을 보시면….

돈과 시간은 도저히 만날 수 없는
평행선 관계.

기운을 내서 슈웅 날아야 하는데….
아이 졸려…. 푸하암….

그래서 장가가면 철든다고들 하는 것이다.
에고고… 그 철의 무게를 확실히 알게 된다.

나이가 들면… 배에 매달려 있던 그 하나가…
방향을 결정하고 나를 이끌어 날게 한다.

불타던 그때가 그립습니다….

네…. ㅠ_ㅠ

울 아기 세상에 태어나서
처음 맞는 토요일.
퍼굴이 세상에서 태어나서
애기 응가 기저귀 가느라 하루 다 보낸
처음 맞는 토요일.

퍼.굴.이.가.라.사.대. 애기 똥기저귀 가는 아빠들은 대단하다 생각했다.
지금 난 대단한 사람이 되었다.

퇴원해서 집에 왔다. 예쁜 내 아들… 근데… 밤에 자꾸 운다.
그림 그리는 지금도 운다…. 나도 운다….

47

프레젠테이션!

고기압의 영향과 4월의 전형적인 기온이 합해지면서
놀기 이상적인 거죠? 그렇다면… 그렇죠!
사람들이 마구 놀러가겠죠? 걸어가나요? 아니죠?
애나 어른이나 차를 가지고 가죠!
그럼 고속도로가 막히면서 사람들이 다른 길을 찾죠?
어딜 가나요? 그렇죠! 중부나 구석구석 국도를 타죠!
그럼 다 막히이이이죠? 그럼 놀러가나요?
그렇죠! 중요하죠! 못 가요! 그럼 고생만 하죠!
집에 있어야 하는 이유가 성립되는 거죠!

퍼.굴.이.가.라.사.대. 물론… 용산전자상가와 테크노마트, 놀이동산 등 목적에 따라
그때그때 달라요.

따뜻한 요즘,

놀러 못 가는 우리 불쌍한 마눌이

자신의 하루일과를 한탄하며, 열변을 토한다….

저의 일과는… 먹구, 닦구, 빨구, 널구, 먹구, 닦구, 빨구,

널구, 먹구, 똥치우구, 빨구, 널구, 닦구, 젖병 삶구, 빨구,

널구, 먹구, 닦구, 빨구, 널구, 먹구, 닦구, 빨구, 널구, 먹구,

똥치우구, 빨구, 널구, 닦구, 젖병 삶구, 빨구, 널구, 닦구, 빨구,

널구, 먹구, 닦구, 빨구, 널구, 먹구, 똥치우구, 빨구,

널구, 닦구, 젖병 삶구, 빨구, 널구 구구절절……

이래서 되겠슴까아! 여러분!

•이래서 되겠쓰까아!
여러분!

•아…많두 안돼져…..네에..

퍼.굴.이.가.라.사.대. 음… 반성을. 아들아 너도 반성을. 우리 모두 반성을….

이누무 마누라…
3월 14일날 두고보자!

남자가 느끼는 사랑이란....

결혼 전엔 여자와의
하룻밤 속에....
그 여자의 사랑을
느낀다고
생각합니다...

결혼 후엔
일하고 돌아온 늦은밤...
각질이 심한 발에
직접 조심조심 연고를
발라주는 손길 속에
사랑을 느끼게 됩니다.

좀더 오래오래 같이하겠습니다.
시간이 흘러흘러 사랑이 또 어떤 모습으로 다가올지… 기대됩니다.

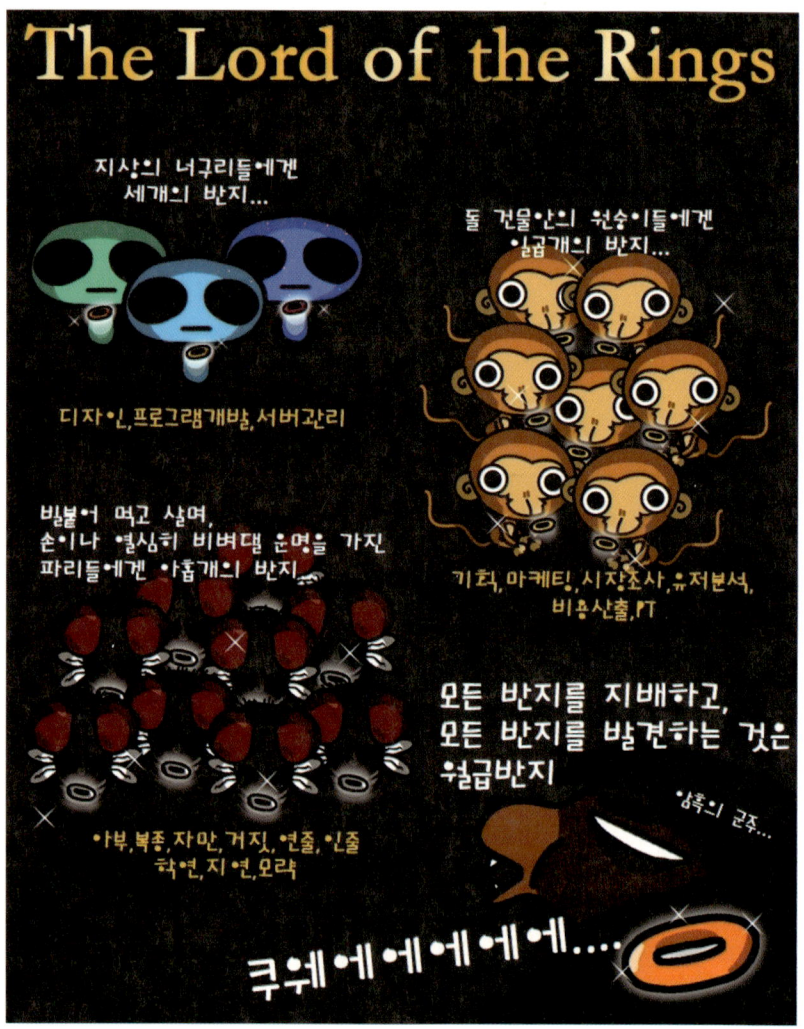

빛의 군주가 만든 월급반지는 모두에게
풍요와 발전을 만들어주고, 키워 나간다는 사실도 잊지 마세요.

차칸 회사원...

그래..그래...참 잘했꾸나...
언제나 웃는 얼굴로...
항상 보기 좋아요....
자..도장....내년 1월까지
도장 1개 받으면
연봉 인상에 직급승진이당...

물론 그 도장이 1월까지
안 지워졌을때만 유효란다...

떤땡님...재가
업무시간에
디비 잔데여...
나뿐 회사원 이예요!
혼내주셔여! 회사 분위기가
막 망가쪄여!

내가 그렸지만… - _ -, 어우…난 도저히 못해.
그냥 살던 대로, 살아야겠다….

·!베이 맘름스틴(·!위 맘스틴)·!라는 속주기타 리스트가 ·!습니다.
·연주도 잘하지만, 그 무시무시한 기타 속주는
세계에 많은 팬을 만들어냈습니다.
교통사고에도 굴하지 않고, 빠른 속주를 자랑하는
그....
하지만 그도 세계의 몇 기타리스트엔 끼지 못합니다...
그 뛰어난 속도와 기교만으로는 부족한 그 무엇...

현란한 속도와 기교 외에 그 무엇....
퍼글이가 얻고자 하는 목표는 바로 그 무엇입니다.

기교와 속도에만 사로잡혀 있는
우리가 잊고 사는 것은 무엇일까?

그때 그시절...
이 분야에서 열심히 노력하고 정진하여
강력한 그 무언가를 만들어 내고 싶습니다.
힘드냐구요? 저에겐 보람이자,
멋진 미래를 위한 발걸음 입니다.
젊을때 고생은 값진 공부라
생각합니다!

라고 말했던.... 그 시절, 그때는 어디가고,
로또의 대박이나, 작은 편의점을
꿈꾸고 있는 우리를 발견하면
서글퍼진다...

워따... 졸립네....
따 숫자 5개만 맞았어두....
지금쯤 자울 자구 있을텐데...
ㅋㅋㅋㅋㅋ

지난 토요일의 로또 추첨을 아쉬워하기보다
훗날의 성공을 위해 다시 시작하는 월요일이었으면 합니다.

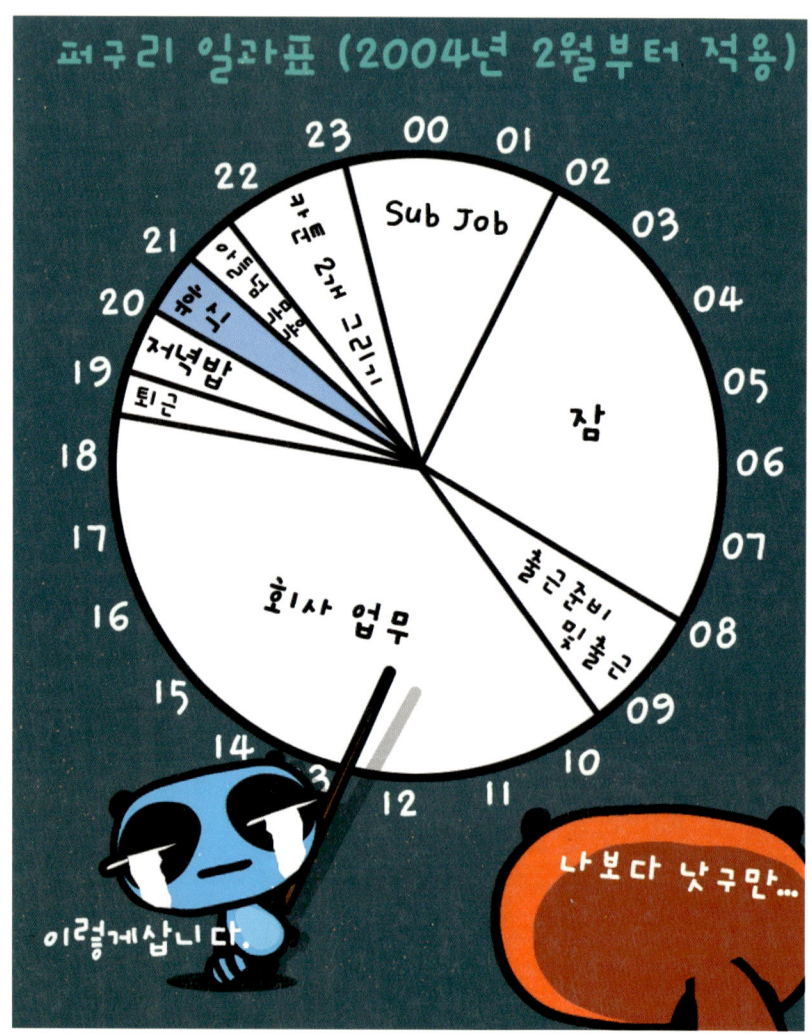

주말에 목매는 이유!
저 반복되는 일과표를 무시할 수 있는 주말을 기다리며.

아무리 힘들어도 마눌에게 꼼짝 못하는 이유.

내 직업으로는 사랑하지만 아들만은 절대 하지 말았으면.
대한민국 아버지들의 가슴에 하나씩 있음직한 이야기.

언젠가는 혼자서 멋지게 해내야 할 너를 위해
아들아⋯ 오늘도 아빠는 포기하지 않고, 장애물을 넘는단다.

어린이날 선물?

•아들놈 어린이날 선물로...•아들놈이 너무 좋아하는
•어제저녁 커다란 토마스기차Set을 주문했다...
오늘은 내 PSP가 집에 도착했다....

생각해보면...
내 색시는 아들과 나.....
두 아가를 키우고 있는지도 모른다...

재밌나?

응... 너무너무..
고마워...

당연히 울 마누라는 PSP를 왜 사는지 절대 이해 못한다.
다만… 내가 너무 좋아한다는 사실만 알 뿐이다.

울 아들이 이 세상에 태어나
처음 맞는 어린이날
울 아들에게는 변함없이,
엄마가 만들어준
야채죽과 우유병이 선물로… 주어지고…
유모차 타고,
따뜻한 햇살이 내리쬐는 동네 한 바퀴…
그래도 너무나 행복한 우리
아들….

퍼.굴.이.가.라.사.대. 우리 아들에겐 매일매일이 어린이날이 되도록
엄마, 아빠가 노력할게….

부모님께 잘합시다. 무지무지 잘합시다.
모든 행동의 자유를 잃어버린 초보 엄마아빠 올림.

나도 어버이가 되고 보니…
부모님에 대한 애교란 것은
마음속에서 박박 긁어내도 없고,
뭐 물어보시면, 퉁명스럽게 짧게 대답하는
무뚝뚝하고 인정머리 없는 넘인지라…
매년 어버이날은 뭐 하나 내세울 것 없이
대충 지나갔는데…
올해부턴 이쁜 꽃을 하나
옆에 끼고 가서 보여드립니다…

퍼.굴.이.가.라.사.대. 말도 하고… 기어도 다니니… 재미있으실 거라는….

나중에 좀 쉬게 되면 얘기해줄게.
그때 호~ 해주라.

난데_ 애보기,
청소하기,바닥닦기,
마누라와 놀아주기,
밥 짓기 프로그램
부탁한다.

MATRIX

빨간 알약, 파란 알약, 흑흑흑….

가던 길 잘 가던 여자가 변사체로 발견되고,
돈 몇 푼 땜시 칼질이 난무하고,
이젠 애들까지 무시무시한 조폭 흉내내는 세상.
방문 걸어잠그고 수련이라도 해야…
내 한몸과 가족들을 지키려나….

퍼.굴.이.가.라.사.대. 점점 살기 힘들어져 가는 세상… 무서운 세상.

사실은…

지난주 부산 갔다오면서
아들과 마눌을 부산에 남겨두고 왔다…
간만에 친정집에 간 마눌에게
장모님이 차려주시는 밥을 먹으며 편히 쉬다 오라고…
사실은 나도 좀 잔소리와 아들의 생떼에서 해방되려고…
어언 5일이 지난 지금… 울 집에는 오솔길이 생기고
버섯(곰팡이)들이 방안에서 자란다…

케케케…
난 자연인이여…

퍼.굴.이.가.라.사.대. 크헤헤헤헤… 이때 이렇게 한번 살아보지…
언제 살아보냔 말이다… 크헤헤헤헤…

있을 땐 지겹고 갑갑해서 어디 갔으면 하다가도,
없으면 보고 싶고, 그립고, 허전한 것… 그것이 가족…

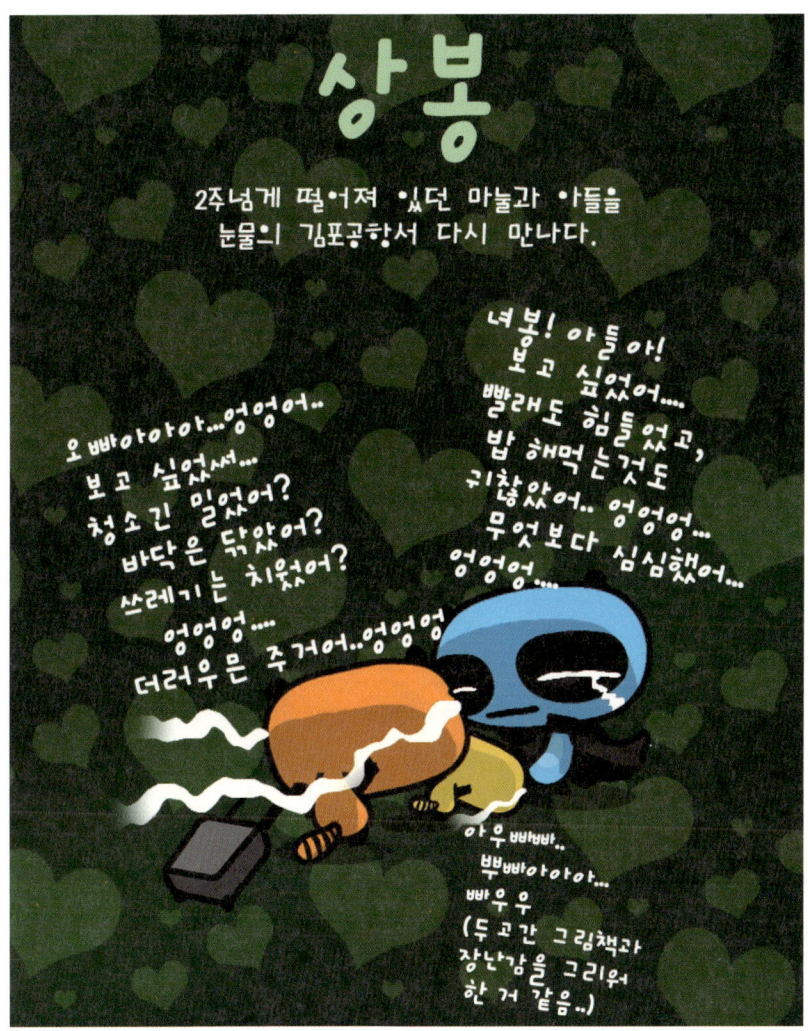

상봉

2주넘게 떨어져 있던 마눌과 아들을
눈물의 김포공항서 다시 만나다.

녀봉! 아들아!
보고 싶었어...
빨래도 힘들었고,
밥 해먹는 것도
귀찮았어.. 엉엉엉...
무엇보다 심심했어...
엉엉엉....

오빠아아아...엉엉어..
보고 싶었써...
청소긴 밀었어?
바닥은 닦았어?
쓰레기는 치웠어?
엉엉엉....
더러우믄 주거어..엉엉엉

아우 빠빠빠..
뿌빠아아아...
빠우우
(두고간 그림책과
장난감을 그리워
한 거 같음..)

정말 가족의 정이란…
빈 자리가 생길 때 더 커지는 법.

69

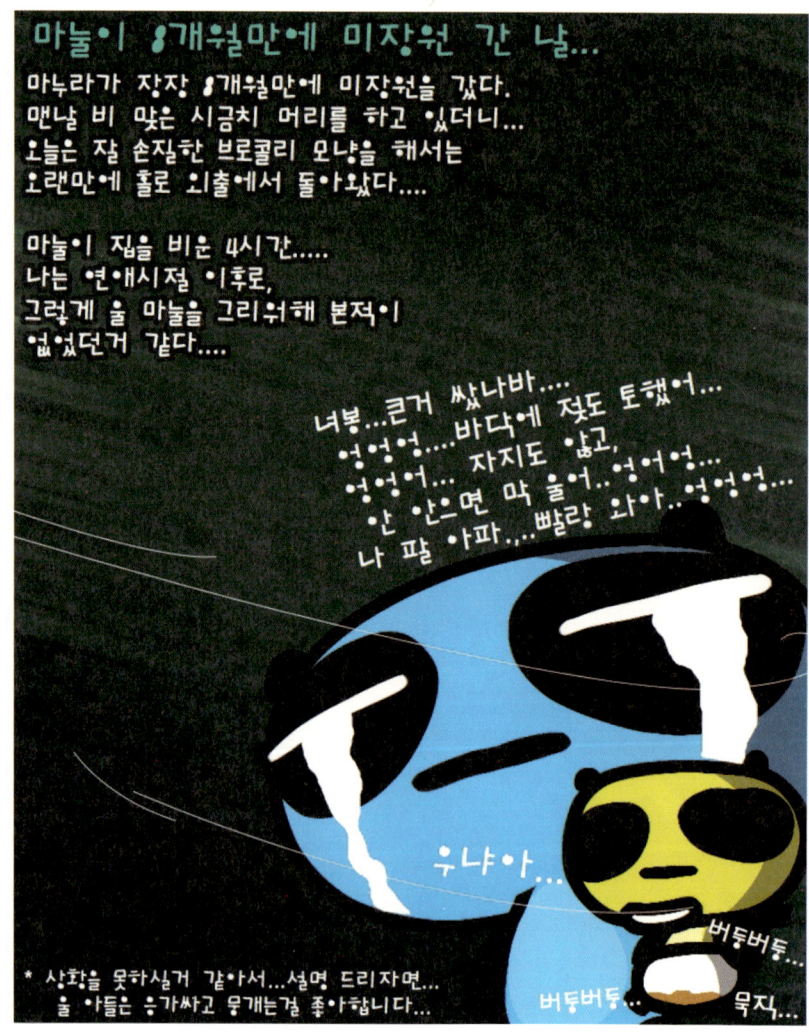

엉엉엉 얼마나 힘든지 알았어. 엉엉엉…
앞으로 잘해줄게. 엉엉엉.

아… 긴장된다아… 무섭따… 아아아아아….

s p r i n g

그런 우리를 저 하늘 꿈속으로 날아가지 않게 붙들어주는 것은 W. O. R. K….
아…괴로워….

세상에는 두뇌가 아닌 엔진을 머리에 달구 사는 분들도 계신다.
16기통 엔진두 아닌, 1800cc중형차 엔진두 아닌...
전진기어밖에 없는 힘 좋은 딸딸이 엔진을...

힘은 없어도 전후진에, 메모리에, 연산 및
기타 등등이 가능한 두뇌가 난 더 좋다.

번쩍 하면 지난 주 일을 싸악 까먹는….

이론 서적은 달달 외우는데

실무 작업에서의 머리는 상당히 구멍이 뻥뻥 뚫려 있는
그들의 책임을 우리나라 교육에 물어야 할 것인가,
아님 이론을 맹목적으로 사랑하는 그들에게 물어야 할까.

앗! 지금 날 무시하는 거?

글쎄 그건 그렇지가 않다니까.
내가 흠모하는 책『웹 전략… 여우도 한다』
125페이지 여섯째 줄에 보면 어쩌구, 저쩌구해서
유저 전략은 어찌저찌해야 하고
또 내가 가장 사랑하는 책…
『잘먹고 잘사는 웹기획자』에 보믄
그건 이러쿵저러쿵해서 어짜저짜해서…
유저 트렌드는 워쩌구저쩌구…
근까 내 생각은…

알겠죠? 모르겠나요?

다시 말해줄까요?

참 말도 못 알아듣네.

퍼.굴.이.가.라.사.대. 장자… 왈… 책이란 지식 전달의 소임을 다하면… 버려질 뿐…
거기에 얽매여서는 안 된다 했다.

떨어지는 폭탄 사이로 열나게 뛰는 우리네 일상…
그만 좀 쏘세요… 네에?

또는 알면서도 말 못하고, 모르는 척하는 것.
그것은 생각조차 금지된 불만들.

안 그런 회사 있음 소개해주세요.
이 한몸 바쳐 충성할래요.

정신없이 하루를 보내다 보면,
가끔 드는 생각이 신문지투구를 쓰고,
나무칼을 들고, 나무방패를 들고,
아득바득 별것도 아닌,
놀이일 뿐인 놀이에 핏대를 올리고,
싸우고 있는 나를 발견합니다.
30대 초반인 이 나이를 먹도록,
무 하나 베지 못할 나무칼을 들고,
동네싸움에 열중하는 나를.
저녁 먹으라고,
울 어머니가 소리쳐 불러주시길
오늘도 간절히 원합니다.

퍼.굴.이.가.라.사.대. 별것도 아닌 전쟁놀이에 편 가르고, 무찌르려 열중하는 모습…
그것이 사회생활인가?

최소한 5월의 밝은 하늘 아래 토요일은 말이다…
자! 모두 날아올라 봅시다.

SUMMER

굿바이
　　스트레스!

하루 일과를 시작하는 아침...
우리는 우리를 기다리는 사람들,
어머니, 부인, 혹은 토깽이 같은 아가...
혹은 혼자 산다면, 기르는 애완견,
나무, 화초, 기타등등기타등등에게

일 잘하고, 말썽 안부리고, 나쁜짓 안하고,
하루를 날 기다려주는 당신을 위해 산다고...
아주 짧막하게 말합니다.

"갔다오께..."

나...갔다오께...
잘 놀구 있오....

만약 그 짧은 말조차 안 하고 사셨다면,
오늘 아침 한번쯤 기다리는 그 사람을 위해… 나지막이 말해주세요.

항상 꾸준하게 흘러갈 수 있다면…
다른 길로 빠지지 않고 바다를 만날 수 있다는 생각.

그 쓸모없는 것들이 우리의 정열과 아이디어와 퀄리티를 만들어낸다.

그래서 기획과 개발, 디자인 세 파트로 나뉘나 보다.
하나는 쉬어야 하니까.

깨으으으으으으으억....

날카로운 바늘끝에 똥꼬를 걸치고 앉아 환타를 병나발 불 수 있는 인생

이 바닥에서 10년 가까이 도를 닦으면
가능한 일.....
하루하루가 날카로운 바늘끝이지만....
환타를 병나발 불며....
세상에 트림을 보내다.

바쁜 일상의 중심에서…
여유와 즐거움을 외치다….

룰루...오늘은 어딜 놀러가나...
어 주말이면 시간이
남아돌아 미치겠어..럴러러러러러러러러..

푸른 하늘 저머얼리... 날아라..힘차게 날으으는....
널 널청년....퍼어 굴....요옹감히 놀아아라....(주제가)

네...저도 총각때는 저렇게
펄펄 날아당겼습니다...네..

매주...토요일이면.....
어쩔 수 없이 그때가 그리워지곤 합니다

훗... 휴일인데 갈 데도 없어서 지겹다고요? 훗훗...
과연 결혼해도 그런 말이 나올까나? 훗훗...

현실과 이상의 괴리

가끔… 저런 포스터 광고를 보곤 한다.

이벤트에서 유럽 배낭여행 등에 당첨됐다 하자.

언제 갈 것이며 또 갔다고 치더라도

돌아올 그날까지 내 책상이 그 자리에 자알 있을 것인가?

가는 건 좋은데…

갔다온 담엔…?

퍼.굴.이.가.라.사.대. 저 여행사 직원도 겁나게 여행 가고 싶을지도 모른다….

IT 퍼포먼스.01

낮에 충분히 끝낼 •일도 밤으로 미룬다.
덥고 지루한 낮엔 쉰다....
밤은 길고 누군가의 애정은 깊어간다.
•업무는 밤에 시작된다....
WOW 만랩전설도....
회사의 •야근 속에
•이루어져 간다.

퍼포먼스의 모든 것은
밤에 •이루어진다.

씨 부려.....
만랩쯤으은 멀 하지.

토토..토토
토토토톳.....

퍼포먼스로 버티시는 분이 의외로 많다.
그리고 이것이 BASIC처럼 되어가는 것이 슬플 뿐이다.

89

분명 필요한 것일수도 있으나 절대적으로 필요치 않은 것들도 대부분이다.
중요한 것은 잘 보이는 벽에 붙였다는 것이다.

아… 즐거운 여름이 나를 맞이하는구나!
자유다!!!

킹콩이 왜 엠파이어스테이트 빌딩에
매달려서 울부짖은 줄 아십니까?
그렇게 해야 영화 출연료가 나오기 때문이지요…

월요일 아침….
퍼구리는 회사에 갑니다.
졸린 눈을 비비며 회사에 갑니다.
그리곤 또 회사에 힘껏 매달릴 겁니다.
끄에에에에에에….

끄에에에에에…

가슴팍도 쿵쿵 치구… 우워워어어엉… 하고 힘차게 매달려야 하는데….

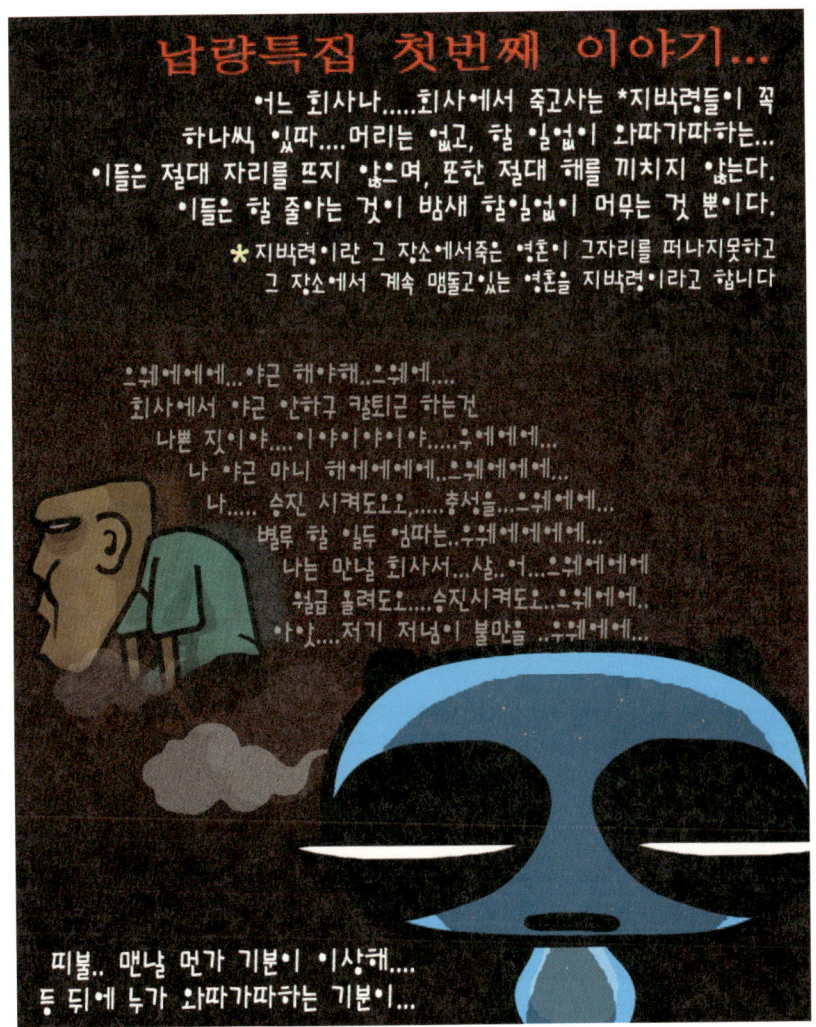

납량특집 첫번째 이야기...

·어느 회사나......회사에서 죽고사는 *지박령들이 꼭
하나씩 있따....머리는 없고, 할 일없이 와따가따하는...
·이들은 절대 자리를 뜨지 않으며, 또한 절대 해를 끼치지 않는다.
·이들은 할 줄아는 것이 밤새 할일없이 머무는 것 뿐이다.

✽ 지박령·이란 그 장소에서죽은 영혼이 그자리를 떠나지못하고
그 장소에서 계속 맴돌고있는 영혼을 지박령·이라고 합니다

으웨에에에...야근 해야해..으웨에....
회사에서 야근 안하구 칼퇴근 하는건
나쁜 짓이야....이야!야!야..우웨에에...
나 야근 마니 해에에에에...으웨에에에..
나..... 승진 시켜도오,.....충성을..으웨에에...
별루 할 일두 엄따는..우웨에에에에...
나는 만날 회사서...살..어..으웨에에에
월급 올려도오..승진시켜도오..으웨에에..
아앗....저기 저넘이 불만을 ..우웨에에...

띠불.. 맨날 먼가 기분이 이상해....
등 뒤에 누가 와따가따하는 기분이...

가끔 작은 직함을 붙여 불러보면 웃는 얼굴로 대답하기도 한다.

93

그들은 무엇인가에 대해 비판하고, 자기 취향이 반영되길 간절히 바란다.
그렇게 수정해주면 잠시 동안 조용해지기도 한다.

그들과 동화되어 점점 지박령이 되어 가고 있는
자신을 발견하게 될 것이다.

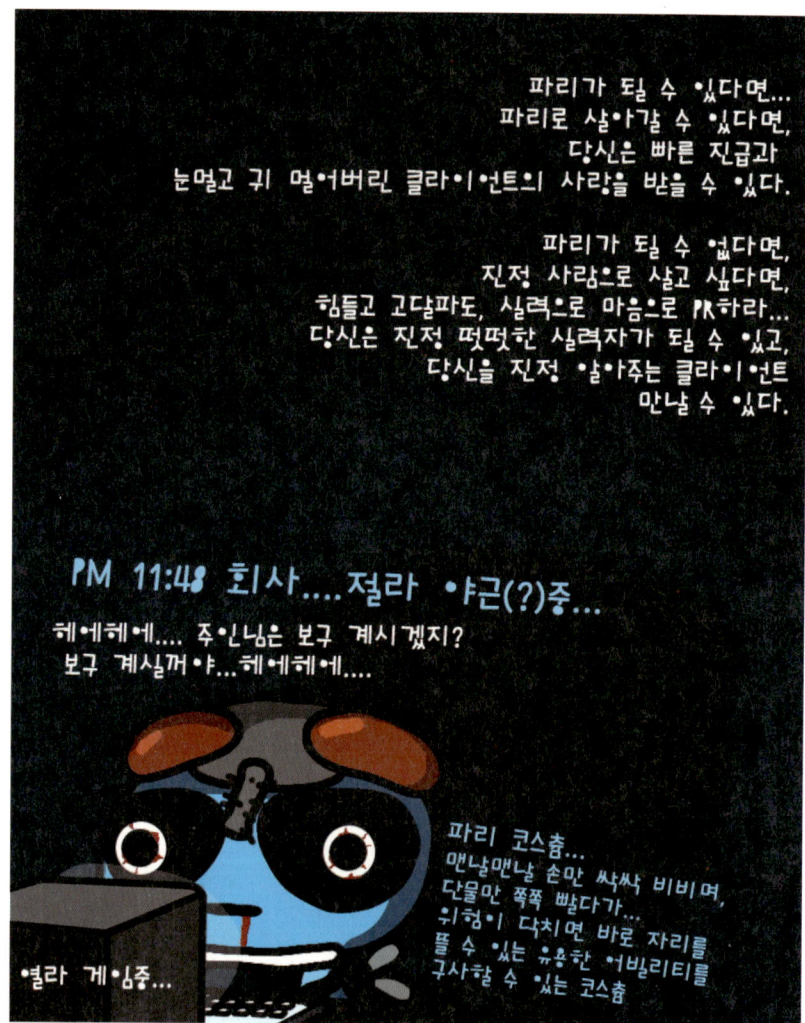

파리가 될 수 있다면...
파리로 살아갈 수 있다면,
당신은 빠른 진급과
눈멀고 귀 멀어버린 클라이언트의 사랑을 받을 수 있다.

파리가 될 수 없다면,
진정 사람으로 살고 싶다면,
힘들고 고달파도, 실력으로 마음으로 PR하라...
당신은 진정 떳떳한 실력자가 될 수 있고,
당신을 진정 알아주는 클라이언트
만날 수 있다.

PM 11:48 회사....졸라 야근(?)중...

헤에헤에.... 주인님은 보구 계시겠지?
보구 계실꺼야...헤에헤에....

파리 코스츔...
맨날맨날 손만 싹싹 비비며,
단물만 쪽쪽 빨다가...
위험이 닥치면 바로 자리를
뜰 수 있는 유용한 어빌리티를
구사할 수 있는 코스츔

열라 게임중...

쓸데없고 비효율적인 헝그리 정신이 인정받는 사회… 하루빨리 손 비비는
파리보다는 실력으로 사는 너구리가 인정받는 사회가 되길 빌어봅니다.

지난 경험에 비추어 봤을 때,
세상이라는 트랙을 뛰다보면....
옆에 같이 뛰고 있는 온갖 파리들의
치졸하고 드러운 방해에 시달립니다...

그럴 때 뛰던 걸 멈추고
파리 모가지를 비틀어야 할까요?
아님... 결승점에 먼저 들어가서
기다리다가 죽을 만큼 두들겨 패주고 모가지를
비틀어버리는 것이 나을까요?

파리 한 마리 때문에 잘나가던 페이스를 잃지는 맙시다.

이러니, 저러니… 용서가 어떻고,
죄 없는 놈이 돌을 던지든 말든
참을 인(忍)이 어떻게 생겼는지도 모르겠고,
그냥 열 받을 때는 응징의 파리채로 내려치는 게…
정신 건강에 가장 좋을 때도 있죠….

퍼.굴.이.가.라.사.대. 그러나 우리는 이성을 가진 너구리이기 때문에… 그러지 않죠… 아… 넘 이성적이여….

언제까지 헤매야 하는 걸까?
어쩌면 눈 두 개는 나밖에 없는지도 몰라.

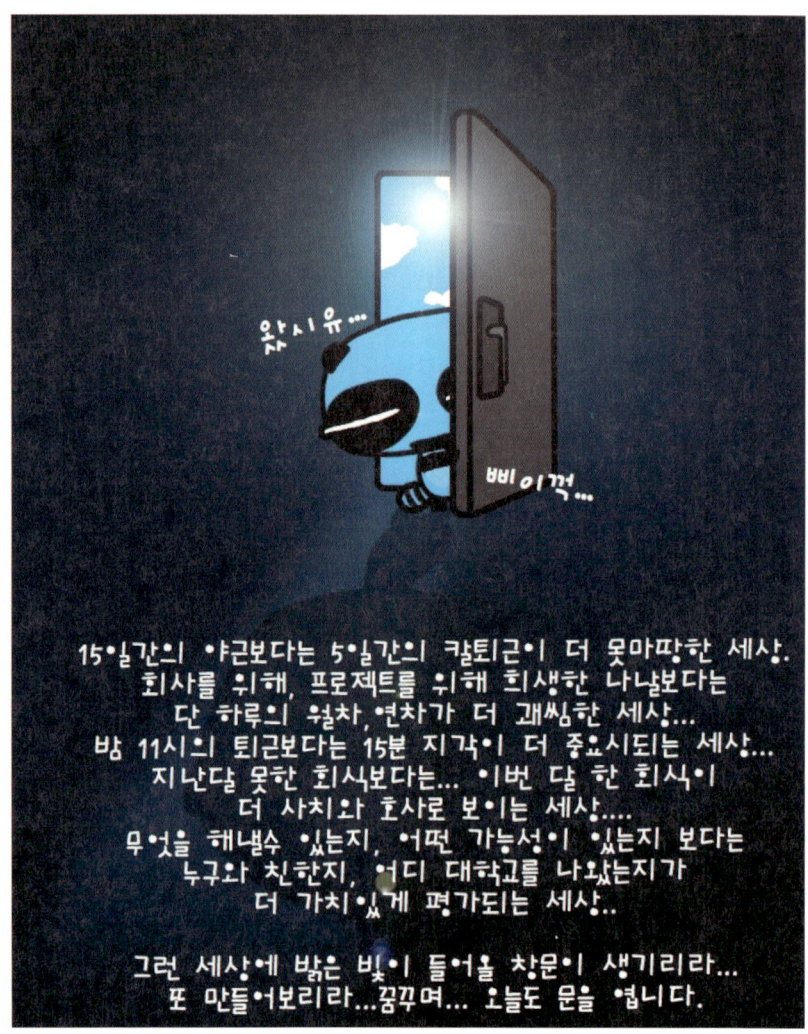

이번 한 주도…
꿈과 희망을 잃어버리지 않고, 열심히 뛰어봅시다. 아자!

대화...

* 이 이야기는 작가 당사자의 이야기가 아닌
우리 사회에 아름다운 정신으로 알려진,
헝그리 정신을 소재로 만든 카툰 입니다.

처음 시작할때 보았던
맑고 푸른 하늘을 생각해봐....
돈이 다는 아니잖어?
일에서 보람을 찾던 그 마음을 잊은거야?
아..순 수했던 그 마음을......
정녕 그런 사람이었어? 응?
제발 저 하늘을 봐....!

따당님... 월급을 조금만
올려주시믄 안될까여?
물가가 너무 올라서리....

엿이나 드세요….
차라리 전 돈 밝히는 너구리가 되렵니다. 랄라….

저녁 무렵 항구에서 날 기다리는 가족과 행복을 기억합니다.

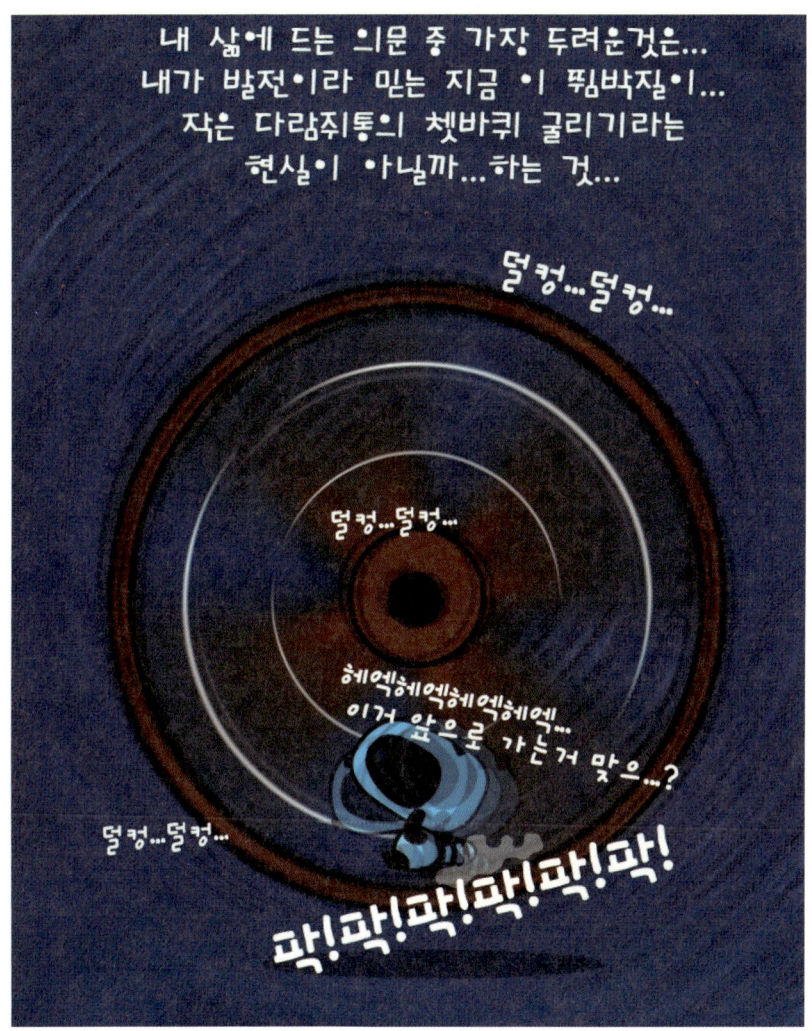

자기가 뛰는 그 쳇바퀴를 의식하지 못하고… 거기에 만족하며…
열라 뛰는 인생을 너무나 많이 봤다.

summer

더워서 꼼짝하기 싫더라도 지금 해야 할 일은 지금 해야 한다.
쌓여버린 그것에 파묻히기 전에….

또 토요일...
모두 바람이 되시길...
주말... 자유로운 바람이 되어,
맘껏 세상을 돌아다니시길...

창조의 배터리에 완전한 재충전을!

우띵…

나도 어젯밤에 이 대리가 좋아하는 당금이 봤는데 우띵…

나도 재미있게 얘기할 수 있는데 우띵…

나도 임다뤼처럼 개그할 수 있는데… 우띵…

나두 흑 레고두 좋아하구 플스도 있는뎅 우띵…

나두 여자 좋아하구… 나두 놀러가는 거 좋아하는데…

우띵… 나하고는 놀아주지도 않고 우띠잉…

연봉 협상 때 다 갚아줄 거야…

키힝…흑흑…쿨쩍…

담달부터는 회식도 안 시켜줄 거야…

쿨쩍 히힝.

퍼.굴.이.가.라.사.대. 숨김없이, 보복 없이 같이 고민하고 허심탄회하게 웃고 얘기할
수 있다면. 이 사회에는 왕따가 사라질 겁니다.

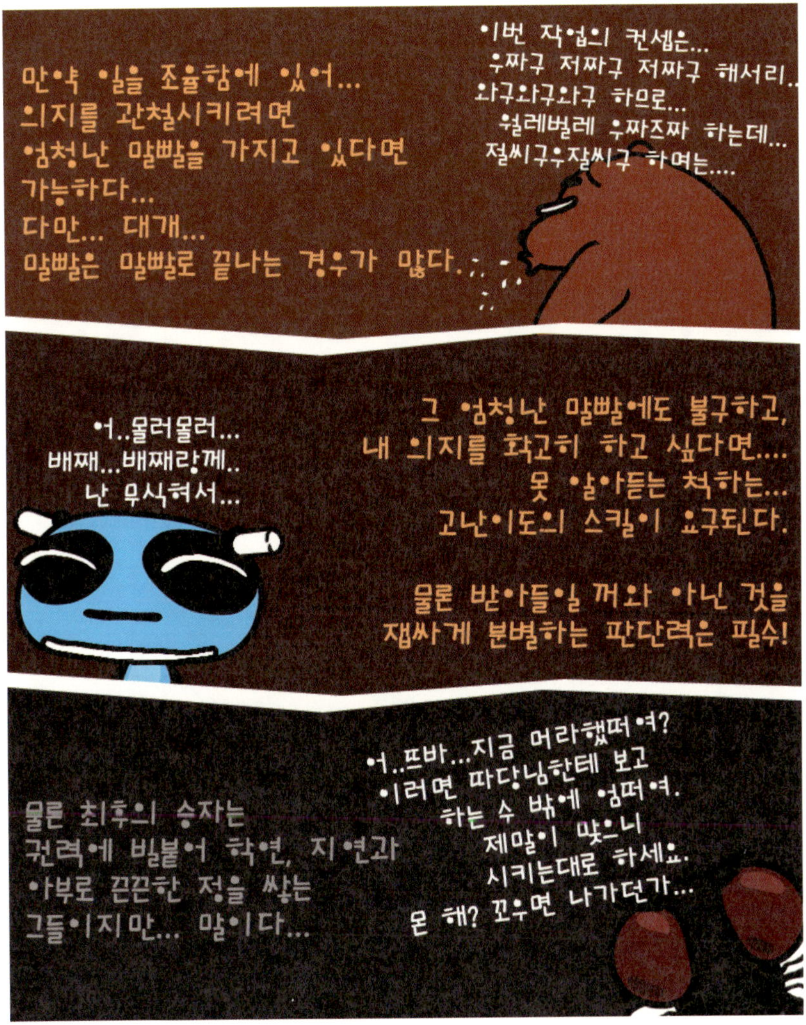

만약 일을 조율함에 있어...
의지를 관철시키려면
엄청난 말빨을 가지고 있다면
가능하다...
다만... 대개...
말빨은 말빨로 끝나는 경우가 많다...

이번 작업의 컨셉은...
우짜구 저짜구 저짜구 해서리..
와구와구와구 하므로...
월레벌레 우짜즈짜 하는데...
절씨구우잘씨구 하여는....

어..물러물러...
배째...배째라께..
난 무식혀서...

그 엄청난 말빨에도 불구하고,
내 의지를 확고히 하고 싶다면....
못 알아듣는 척하는...
고난이도의 스킬이 요구된다.

물론 받아들일 꺼와 아닌 것을
잽싸게 분별하는 판단력은 필수!

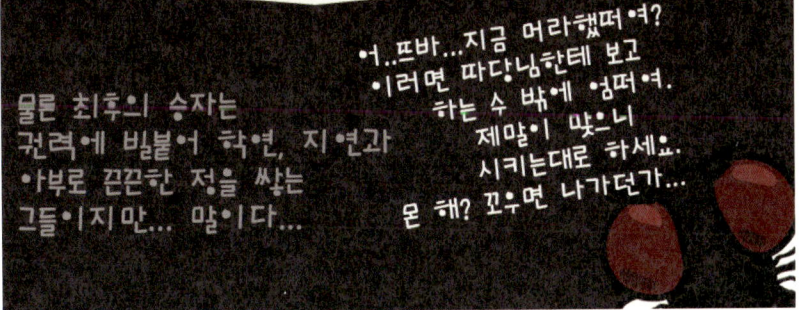

물론 최후의 승자는
권력에 빌붙어 학연, 지연과
아부로 끈끈한 정을 쌓는
그들이지만... 말이다...

어..뜨바...지금 머라했떠여?
이러면 따당님한테 보고
하는 수 밖에 엄떠여.
제말이 맞으니
시키는대로 하세요.
몬 해? 꼬우면 나가던가...

간혹 이런 경우에 해결할 수 있는 사회적, 논리적 해결 방안은
무엇이란 말인가… 누구 아시는 분?

이 바닥에서 일하면서 젤 말 같잖은 이야기

진정한 개념을 가진 함을 위한 의견이 아닌,
그.림.에 대한 취향에 따른 편협한 색상 지정 따위...
꼬꼬댁 소리로 밖에 들리지 않는 것을...

나도 예전에 디자인...을
조금 해봤 는 데....
그래서 조금 지적을 해보자면...
꼬 꼬댁..꼬꼬
꼬 꼭 꼬꼬.... 꼭 꼭 꼭...
꼬꼬댁...꼭 꼭...
꼬 옥 꼭 꼭 꼬....
꼭꼬 꼬꼬 꼭 꼬 꼬...

아..너무나 정곡을 찌른
말씀 이읍나이다...
컨셉에 너무
합당하읍니다...
어찌 그리
잘아시는지...
깨갱깽깽...깽...

말보다는 머리와 손을…그것이 진정한 전문직.

할 일 다하고, 퇴근시간 맞춰 퇴근하는 것은
결코 부끄럽거나 잘못된 것이 아니다!

예전에는…
아기 아버지들을 보면 신기한 것이… 아기는 외계어로 말하고…
아빠나 엄마들은 그 말을 다 알아듣고…
어떻게 그렇게 이해할 수 있을까… 라고 생각했는데,
제가 아버지가 되니… 이제 알겠습니다.
사랑과 관심을 집중하고, 계속 지켜보고 귀 기울이기 때문입니다.
지금 우리는 서로 잘 알아들을 수 있는
또렷한 말을 하고 제대로 행동할 줄 알면서도
결코 서로를 이해 못하고, 그 뜻을 알지 못하고
자신의 뜻대로… 이해하고 실망하진 않는지.

퍼.굴.이.가.라.사.대. 아주… 조금만… 아주 약간만… 사랑과 관심을.

한 말 또 듣고,
쓸데없이 긴 말 또 듣고 지난주 한 말 또 듣고,
다시 들어보니… 지지난 주 했던 말이고,
허공에 계속 맴도는 의미를 가진…
그냥 하나의 소음뿐인 말들…

아…띠 불…
삐뚤어질꺼야!
아…머리아파…

퍼.굴.이.가.라.사.대. 정말 스트레스… 아무리 좋은 말도 세 번 이상이면,
소음이 되어 버린다는….

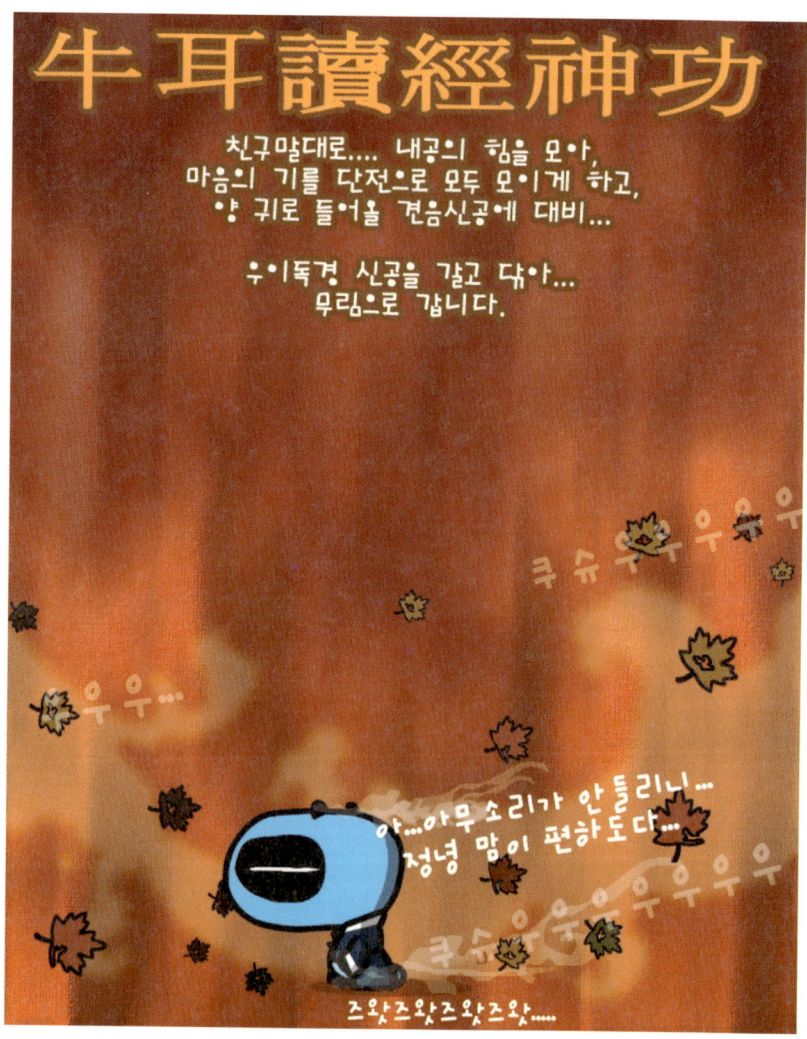

牛耳讀經神功

친구말대로.... 내공의 힘을 모아,
마음의 기를 단전으로 모두 모이게 하고,
양 귀로 들어올 견음신공에 대비...

우이독경 신공을 갈고 닦아...
무림으로 갑니다.

쿠슈구ㅇ우ㅇ우

우우...

아...아무 소리가 안 들리니...
정녕 맘이 편하도다...

쿠슈ㅇ슈ㅇㅇ우ㅇ우우

즈왓즈왓즈왓즈왓.....

친구는 이미 우이독경신공의 달인…
그는 듣고 싶은 말만 듣는 최고수의 자리까지 도달했으니….

Poker Face

표정을 감추고, 눈물을 감추고,
사랑을 감추고, 분노를 감추고,
오로지 보이는 것은
속을 알 수 없는 껍데기뿐....

지금의 사회가 원하는 것은
포커페이스일까?

휘릿! 휘리릿!
휘리리리릿...휘릿!

쿠 웨헤헤헤헤...난 웃고 있어요!
웃고 있다구요! 보기 좋으시죠?
부담 없으시죠? 헤헤헤헤헤헤...

원하는 표정을 지어주는 포커페이스를
인정하는 사회는 아직 아니겠죠?

우스운 짓 같지만, 어차피 서로 자기 의견을 가지고,
티격태격하며 시간 죽이는 것보단 낫다는….

더블(Double)은 한 번 더 던지는 것.
잊지 말자!

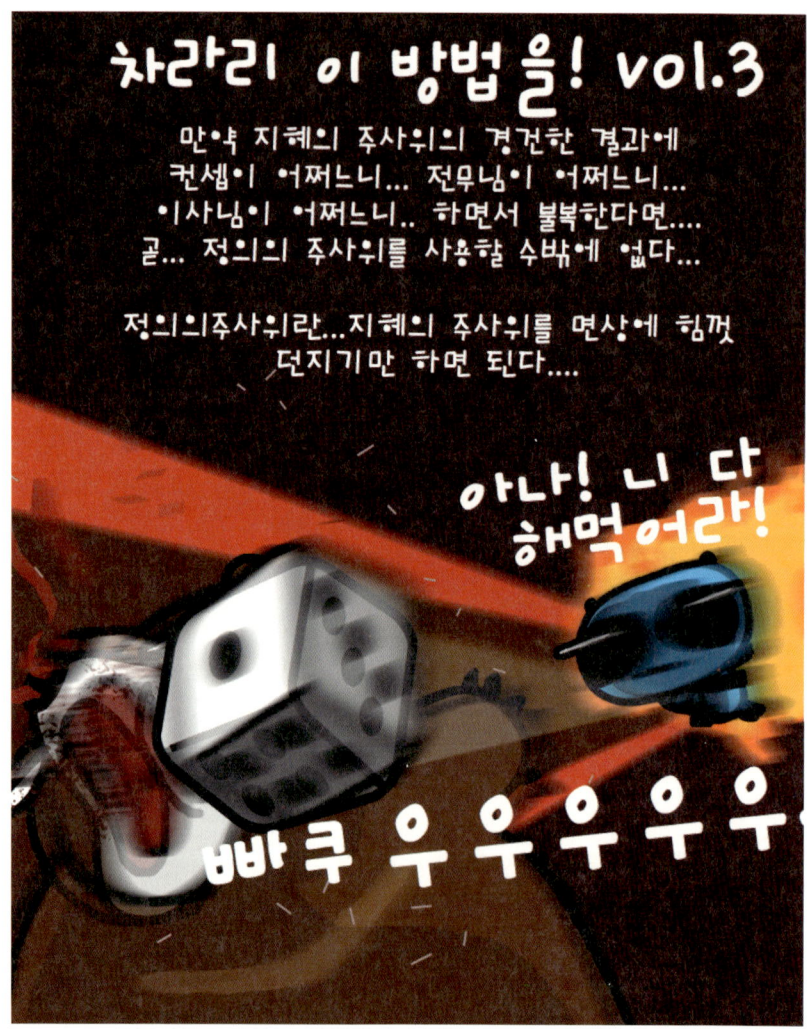

하지만 무턱대고 정의의 주사위를 쓰는 것은…
먹고사는 데 결코 좋지 아니하다.

한 여름낮의 꿈...

8월의 휴가를 꿈꾸며...
나의 한쪽은 바다....
그리고 다른 한쪽은 변함없는 아스팔트...

끼 룩 끼 룩 끼 룩 ...

부우우우우우우우....

빵빵..

남은 프로젝트를 후다닥 끝내고,
8월에는 홀가분하게 휴가를 다녀오리라.

출근길의 상념…

그래… 아프다고 하고 전화를 하는 고야

글구…그냥 안 나가믄…

눈치챌 확률이 큰께

오후 3시쯤…

에이 봐줬따 2시쯤… 꼭 간다고 하는 고야…

안 믿으면 어쩌쥐????

하얀 붕대를 칭칭 감구 가면 어떨까…

이왕이면 오른손이 어떨까…

아야아야 마우스를 못 쓰겠어요…

왼손도 좋쥐… 우어어어어… 단축키를 못 누르겠어요…

킬킬킬… 그럼 전화 한통 때릴까???

아니쥐… 쫌 더 알리바이를…

줄●술줄●술… 긁시럭긁시럭
키특키특키특… 긁시락긁시락

퍼.굴.이.가.라.사.대. 절대로, 감히 실행에 옮겨본 적 없는…. ㅡ_ㅡ

세뇌이론...

우리가...어딘가 회사를 다니며, 사회생활을 해가면서...
우리는 알게 모르게... 이런저런 끊임없는
세뇌를 받게 된다...
직급이 올라갈수록...짠밥이 늘어갈수록... 그리고 그 세뇌를
또 새로운 누군가에게 똑같이 세뇌를 하고...
또 받은 만큼 또 세뇌를 하고,
그 세뇌에 충실하게 적응받지 못하면...
사회부적응자로서... 공동체 의식이 없는 자...또는 조직에 순응하지
않는 불순분자가 되곤 한다...

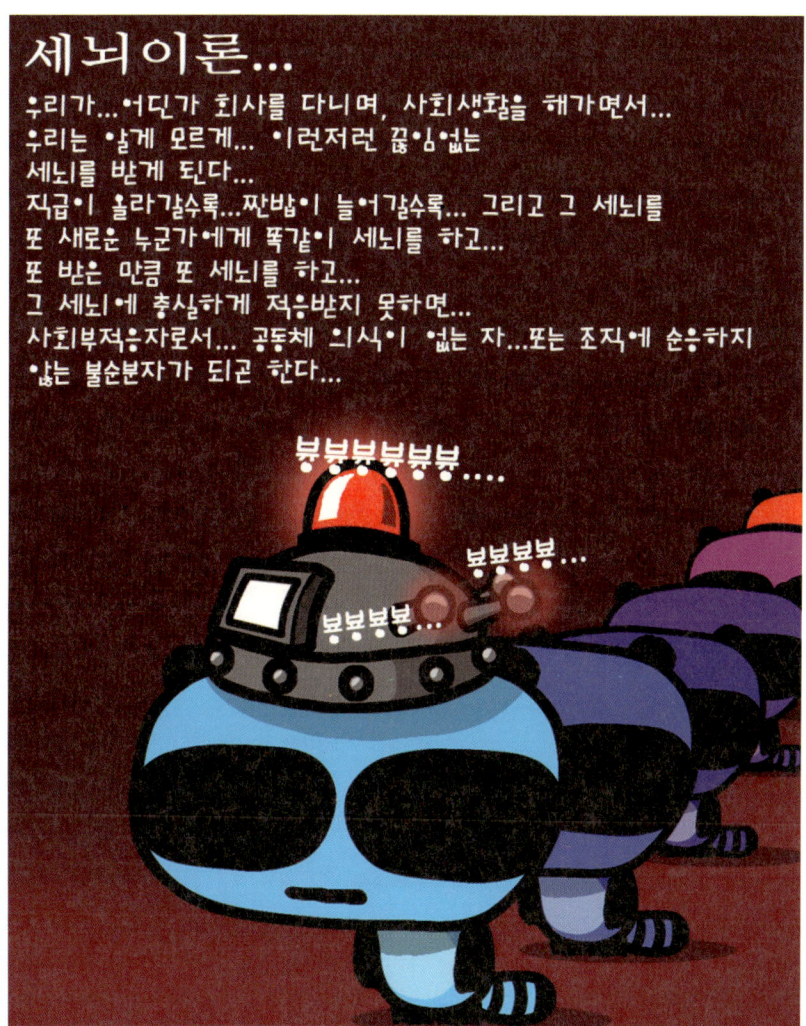

세뇌에 대해 반항하지 않고, 충실히 따른다면
그 사람은 놀라운 속도로 조직 안에서 발전할 수 있다.

그 회사는 아직도 예절을 강조하고 있다는
소식이 가끔 들려옵니다.

쉽게 갈 길도....
무거운 군장을 꾸려 어그적어그적 걸어가야...
일 잘한다고 박수 받는 사회...

쉽게 가면… 욕이나 먹는 사회…
가까운 길도 어렵게 가야 하는 사회….

현실을 외면하진 못합니다. 하지만 그때 빛나던 그것을
애써 철없던 환상으로 묻어둘 필요도 없다 생각합니다.

파란 하늘과 10분의 쉬는 시간과,
고만고만한 동료들과, 조용한 옥상이면,
저어도... 울화병은 면할 수 있다.

쌓아두고 참는 것이 최고의 미덕은 아니란 말이다.

감기에 걸려 코를 훌쩍여도, 오로지 덥다는 말뿐.
그리고 일 못하겠다는.

주변에 일 애기가 나오면 갑자기 광분하는 사람이 있다면 조심….

역시 일하기시러 병의 약은 노는 것…
하지만 너무 과다한 약은… 부작용 조심.

126

해석...

비가 그쳤다는 것은...
최소한... 우산을 안 들어도 된다는 것이고...
그렇다면... 담배필때... 불 붙이기 위해,
우산을 힘들게..어깨엔 걸침 필요없이
여유롭게 불붙이면 된다는 뜻이며...

담배 한개비를 즐기며...
한손은 자유로이.....
하늘을 볼 수도 있다는 것...

그것이... 여유요. 퍼구리의 작은 행복.

훗...행복하군..

뻐끔 뻐끔

이번 주는 좀 여유롭겠군.
가벼운 해석 속에 커다란 여유가 생긴다.

이것이 한 번의 삐뚤어짐에 대한 후회고, 뉘우침이다.
담에 또 해야지. ㅋㅋㅋ

번쩌쿵!
쿠르릉

천둥, 번개가 마구 치는 시즌•입니다.
죄 지은것•이 많은 사람들은....
나가당기기 상당히 껄끄러울지도.....

회개하기 보단... 죄 짓지 •않는 삶을 살도록
우리 노력합시다....

앞으로 마누라 말고 잘둘고,
아들이랑도 잘 놀아주고...
에또... 차라리 벌은 전기계통 보단...
다른것이... 에..또.....
회개를 원하신다면...궁시렁궁시렁...

여러분 약속 할쑤 있쑤시겠쓰미까?
용서하는 하늘보다 벌주는 하늘을 믿읍시다! 아멘….

여름날의 뜨거운 열기도,
슬퍼하는 사람의 마음도,
분노하는 사람의 마음도,
또 우울함이 가득 덮은 마음도...
모두 씻어버리라고.....

강한 빗줄기가 몰아치나 봅니다.

우리의 생각과 마음을 알아주는 하늘은
언제나 우리 편입니다.

이미 오래전 잊어버렸던 것 같은...
그런 한 여름의 낭만과 정취는
내 나이 32살 올해 여름, 비 개인 후...
나의 행복과 즐거움...
그리고 꿈꾸던 그 시절을
다시 느끼게 해준답니다...

기억나나요? 흰 뭉게구름과 뜨거웠던 그 여름…
차갑기만 했던 아이스 바 하나의 만족이?

가끔은 돈도, 명예도, 남 눈치도,
연출도, 형식도, 대박에도
신경 안쓰고, 바닷속 물고기와
유람선의 새우깡을 받아먹으며,
자유로이 날라다니는
갈매기이고 싶습니다.

우리가 만들어낸 많은 것에 구차하게 이유를 대며 살아가는
어리석은 인간의 바보 같은 바람….

AUTUMN

낙엽과 함께
사라진 것들

회사엔 바라지 않는다…
하지만 나에겐 바란다…
지쳐빠진, 맥빠진
나 이기 보다는
꺾이지 않는 투지와 열정을…
그리고 하루하루 더해가는 발전을…

이번 주도 힘차게 뛰어보자구!
나를 위해서!

쿠어어어어엇!

콰다다다다다다다다

시원한 가을날 월요일의 시작…
힘차게 시작을…!

누구는 뭔가를 위해 삽질 한번 하려면
그전에 할 수 있다는 능력을 120% 보여주고,
수천 번 되풀이 되는 삽질 해주고 설득을 시키고, 또 이해를 시키고,
계획서에, 그러고 일을 벌여도 쿠데타니,
너무 맘대로 진행하는 거 아니냐니 하는 소리가 들려
결국 중단하게 되고.
누구는 계획이고, 나발이고, 능력을 보여주건 말건…
은근슬쩍 나 땅 한번 파보고픈데…라는 말만 하면,
최신 굴착기에 안전모에,
용기도 꽉꽉 북돋아주고.

흥·얼흥·얼흥·얼흥·얼…

두다다디 다다다다다다다다다…

퍼.굴.이.가.라.사.대. 억울하다라는 말은 메아리가 되고, 서글픈 마음만 가득해진다.

그렇게 일상이 되면 사람들은 사랑을 보지 못하고,
사랑이 없어졌다 생각합니다….

가을을 닮아가고 싶은 계절…
다른때와는 달리,
화려한 모습으로
나를 뽐내고 싶은 계절…

가을날의 한 주가 또 시작입니다…

나라는 자신에 대해 자신감을 가지고,
한껏 질러보는 하루하루가 되길….

autumn

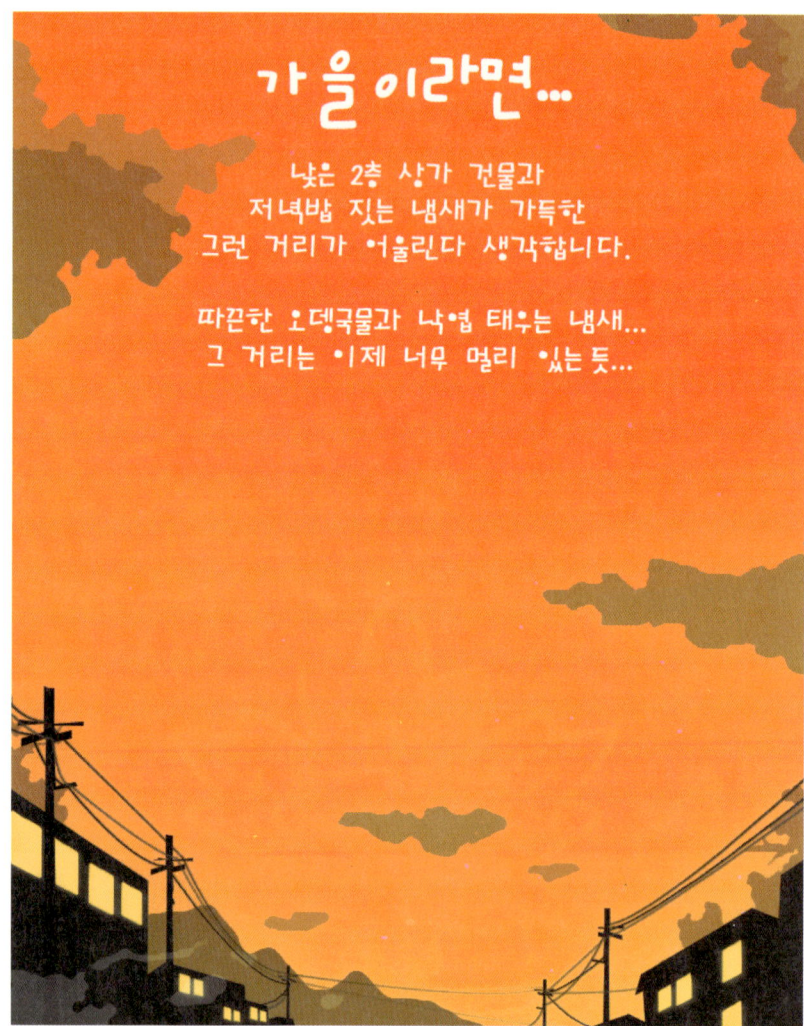

매년 그림으로 그려보지만…
해마다 점점 더 멀어지는 추억과 기억의 거리….

그냥 하던 장난도 잘못 건드리면
저주로 변할 수 있다….

주말 펴언히 자알 쉬세여어어

쉬는 게 머여??

애기 봐야줘….

삐친 마누라 봐야줘….

부모님 뵈러 가야줘….

머여…시방 나

염장지르는 거쥐? 그쥐?

플투 및 겜큐브에 곰팽이가 피고 있오…

탓! 탓! 탓! 탓! 탓! 탓!

퍼.굴.이.가.라.사.대. 미혼남, 미혼녀 여러분…펴언히 쉬세여…. 결혼 전에 펴언히….

월요일이면…
전날 본 감명 깊은 드라마 땜시… 정신이 오락가락한다는….

회사서 무심코 쌔파란, X도 모르는
햇병아리 기획자가
맞으면 죽는지
사는지도 모르고 던진 창에 맞았다.
생각지도 못했던 거라 엄청 아팠다.
무식하면 용감하다는 말… 맞다….

퍼.굴.이.가.라.사.대. 모르는 건 가르쳐주는 것이 경력자의 기본자세!
크하하하하하하하하하하.

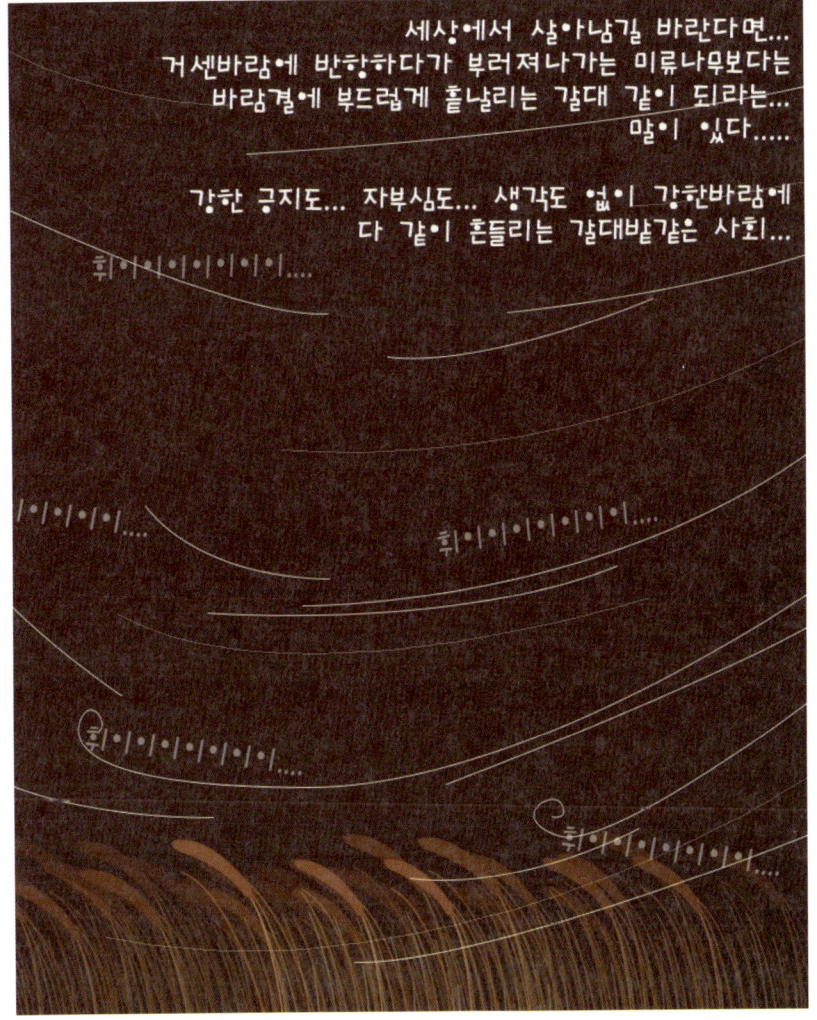

세상에서 살아남길 바란다면...
거센바람에 반항하다가 부러져나가는 미류나무보다는
바람결에 부드럽게 흩날리는 갈대 같이 되라는...
말이 있다.....

강한 긍지도... 자부심도... 생각도 없이 강한바람에
다 같이 흔들리는 갈대밭같은 사회...

휘이이이이이이....

이이이이이....

휘이이이이이이....

휘이이이이이이....

휘이이이이이이....

나는 부러질지라도…
커다랗고 강한 나무가 되고 싶다. 정녕 난 사회 부적응자인가?

많은 사람들은 그런 편의점을 찾으러
산으로 들로 돌아다니나 부다….

빠바바바바박!

어딜가서 먼 소릴 해도 다구리 당하는
느낌이... 아주 잃진 드러운 날이 있다...
그런날엔 빨리 집으로 귀환해서
자빠져 자는게 최고!

오늘은 K1 대회 선수들에게
집단으로 발차기 당하는 느낌이었다….

가끔… 살다보면… 벨까 말까…
고민하는 적이 누구나 한번쯤은 있다.

사실 나이가 먹으면서…
그놈의 고민이 더, 아주 많이 길어진다.

부들…부들…부들…부들…
꾸욱…

퍼.굴.이.가.라.사.대. 그걸 세상은 철들었다고 하나 보다.

백색의 직딩이

욕심을 버리자.... 상대방에게 바램을 버리자...
무언가를 자신의 틀에 맞추지 말자......

우리는 백색의 옷으로 갈아입고...
가뿐히 하루를 정리할 것이다...

프로도는 월급반지를
잘 처리해줄꺼야...
아암....

우리가 남에게 가지는 욕심만큼
그 사람의 목을 죄는 무게는 늘어날 것이다. 우리 목의 무게도.

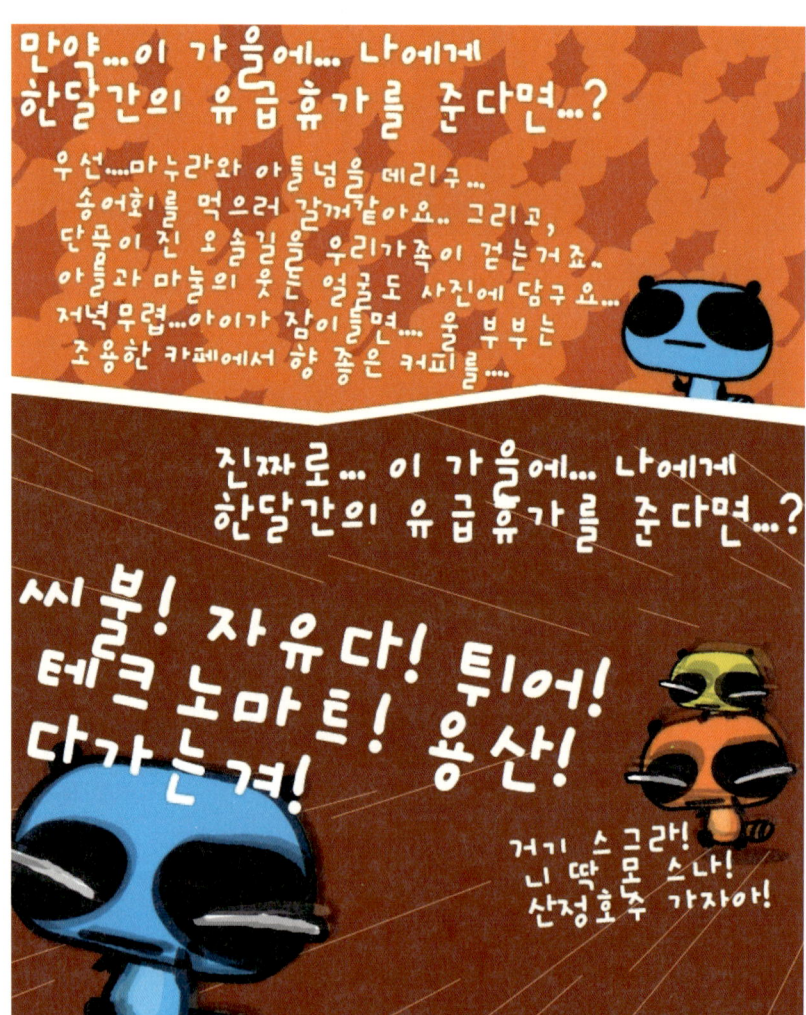

만약...이 가을에... 나에게
한달간의 유급휴가를 준다면...?

우선...마누라와 아들넘을 데리구...
송어회를 먹으러 갈꺼같아요.. 그리고,
단풍이 진 오솔길을 우리가족이 걷는거죠..
아들과 마눌의 웃는 얼굴도 사진에 담구요...
저녁무렵...아이가 잠이들면.... 울 부부는
조용한 카페에서 향 좋은 커피를....

진짜로... 이 가을에... 나에게
한달간의 유급휴가를 준다면...?

씨불! 자유다! 튀어!
테크 노마트! 용산!
다가는겨!

거기 스그라!
닌 딱 모 스나!
산정호수 가자아!

그냥 일이나 해야지.
이미 돌아올 수 없는 강을 건넌 유부남에게 휴일은 사치지.

148

가정과 밥줄과
아들의 미래와
노후!
열씨미 일하자!

들 썩... 들 썩...

씨 바봐...
놀러가구...
놀러갈꺼!

들 썩... 들 썩...

가을이 오고, 거대한 바위산 밑에 잠자코 갇혀지내던
오공이의 마음과 몸은 들썩들썩...

더군다나… 퍼굴이는…
새로운 근두운을 마련한 상태… 우오오오오….

149

일하기시러 병과는 차원이 다른 공포감이 엄습해온다. 덜덜덜….

진정 빡센 단련의 성과는
우리가 무엇인가를 매달고 다니는지조차
느끼지 못하는 것….

랄라…랄라…

쿵야…쿵야…

퍼.굴.이.가.라.사.대. 삶의 무게를 느낀다면… 아직 빡센 단련이 부족한 것. 우오오
오오 피나는 단련을!

자! 그대.. 사직서를 썼는가?

어느 날 아침…그대 사직서를 썼는가?

아님 쓰려고 회사의 A4용지를 꺼내놓았는가?

자 그렇담 생각하라! 월급이 나올 때…

세금이 적게 나가게끔 경리부에서 신경 써주는지?

점심시간 때 회사에서 점심밥을 제공하는지?

잦은 퍼모먼스와 이벤트로 회사는

당신을 기쁘게 하려고 노력하는지

월급은 꼬박꼬박 절대 안 밀리고 나오는지?

해마다 연봉 협상 때

다만 100만 원이라도 올려주려 노력하는지?

집과 회사는 가까운지?

옆자리에 이성 직원의 인물이 좋은지?

아니면 꿍짝이 뎁따 잘 맞는

친한 동료가 있는지?

기타 등등 기타 등등….

크흑! 꾸기깃…

크흑!

꾸기깃…

퍼.굴.이.가.라.사.대. 이것이 인내요, 마인드 컨트롤이며…

이런 생각할 여지가 전혀 없다면…그 담에는 알아서….

당신이 회사에서 얼마나 중요하고, 또 소중한 인재인지...
알아볼 수 있는 최고의 방법이자, 최악의 방법....
그것은 ....

"그동안 즐거웠습니다" 바로 이것....!!!

척!

그동안 즐거웠습니다!

일종의 도박이요, 모험이지만, 당신의 존재 가치는 한 방에 알 수 있다….
자…올인!

이런, 저런 일이 있어도 회사에서
절대 나가지 않겠다라는
결심이 꼭 필요한 당신에게
권해드리고 싶은 방법.
짐을 왕창 갔다놓으라…
사표를 내고 싶을 때마다…
그 짐을 옮길 생각을 하면…
절대 사표를 낼 수가 없다.
어… 너무 결심과 다짐이 확고했나…
넘 무거운걸….

바들바들….

퍼.굴.이.가.라.사.대. 저번 회사서 나올 때 어마어마하고 무지막지한 짐 때문에
무지 고생한 후 터득한 방법이다….

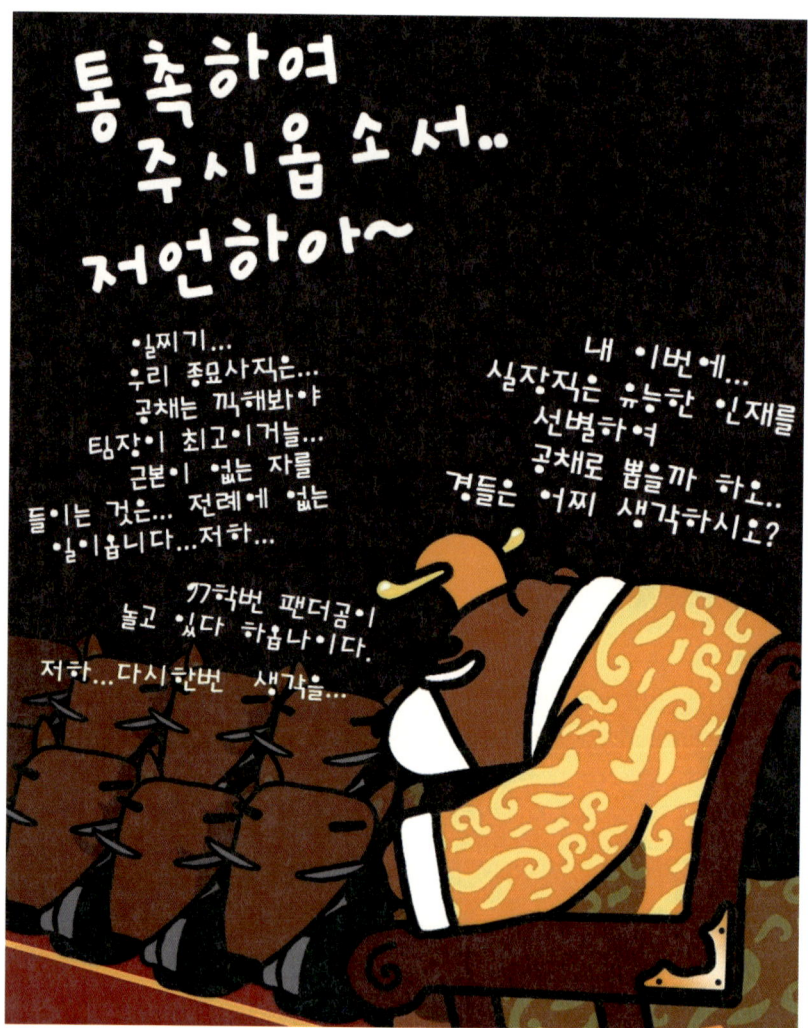

아직도 여기저기서 들려오는 조선시대의 전통.
지금 제가 다니는 회사 얘긴 아닙니다.

자꾸 정수기 물이
바다나서여...
물통 같아여...
왜이리 물은 많이들
먹는고야...

출렁출렁...
(뱃속의 물소리...)

디오게네스의 통

그리스의 철학자 디오게네스는
나무통속에 살았다고 한다.
어느날 그가 사는 나라에 전쟁이
벌어졌고, 많은 사람들이 굉장히 분주히
전쟁에 대비해 돌아다닐때였다.
디오게네스는 그가 살던 나무통을
언덕 아래서 위로 굴리고,
다시 아래로 굴리고를
계속 반복하고 있었다.
한 사람이 그의 그런 모습에
왜그런지 물어보자...
디오게네스가 말했다...
'다들 바쁜데..나도 뭔가를
해야할거 같아서...'

뭐이...
자네 놀구 있나?
별루 할 일없나 부지?

어쩌다 어쩌다 웬일로 일이 느슨한 날이 오면
우리도 통을 굴려야 할까?

157

난 가을을 좋아합니다....
남자의 로망....
흩날리는 낙엽들.....
웬지 좋은 냄새가 나는 것 같은 바람...
약간은 쌀랑해질라는 상쾌함....

올해 가을이 시작될락말락하는 지금....
나의 몸 주위론 가을의 로망을
차단시키는투명 방어막이....

우리 아들이 아빠
바람날까봐 만들어준....
투명방어막....

날도 마니 쌀쌀해졌네... 가을인가벼...
추석이 낼 모레인걸... 어어....
아하하하하....

저벅저벅저벅...

가을의 정취는 떠나버리고…
기저귀를 사와야 한다는 압박만이… 크흑….

158

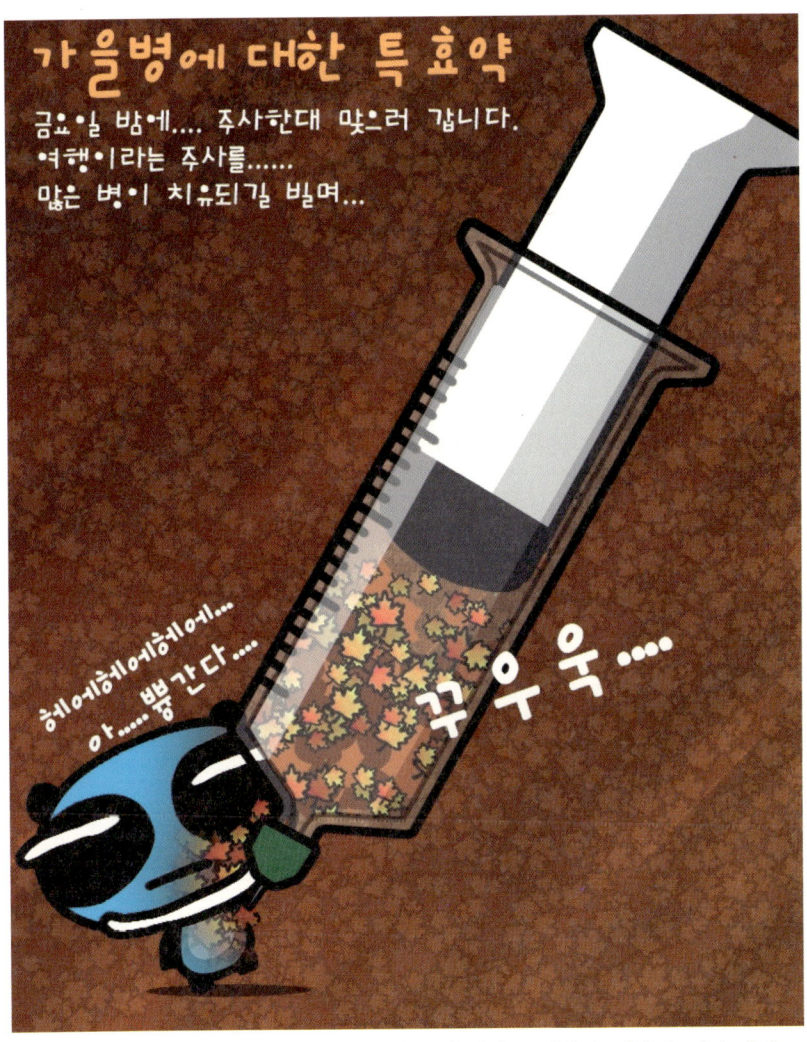

가을에 대한 그리움은 가을을 맞으면서…
치유되는 것 같다는.

과연 약발이 먹힐까…⁻⁻

모두 완전 충전되는 주말 보내시길 바랍니다.
정신과 육체 모두….

ESCAPE
and... PLEASURE

우울했던 한주에 사로잡히느니...
자유로운 2일을 즐기시기를...

냐아~ 우선 한번
놀아주고오~

아자! 아자!

간혹 우울함에 주말까지 망쳐버리는.
더 우울한 짓은 하지 마세요.

연휴로 파악 쉬면

뭔가 회복되어야 하는데…

연휴 뒤 월요일은 겁이 난다.

그래서 회사는 방학이 없나 보다.

퍼.굴.이.가.라.사.대. 더군다나…앞으로 쉬는 날이라 해봐야…푸헬….

사회 속의 양. 1

사실 양으로 사는 것이
젤 좋을 수 있다.
어떤 일이 있어도… 묵묵히 웃고 앉아…
항상 주인이 부르는
방울소리에 반응하는
울타리를 벗어날 생각 안 하는
착한 양 말이다.

메에에에에에에….
(그냥 긴말필요없이
메에에…만 할 줄알면 된다)

퍼.굴.이.가.라.사.대. 어쩌다… 주인이 밥을 주는 걸 잊으면… 조금 낭패이긴 하지만… 몸은 젤 편하다.

사회 속의 양. 2

사실… 아무리 양일지라도.
그 공간 자체가 좁고, 갑갑하다 보니…

본의 아니게…

울타리를 쪼오꼼…

아주 쪼오꼼…

뽀샤버릴 수도 있다….

퍼.굴.이.가.라.사.대. 정말… 당황스럽지 않을 수 없다… 애초부터 작은 울타리를 어
쩌란 말인가?

사회 속의 양. 3
그 마지막 이야기…

본의 아니게…망가진 울타리로 인한…
쥔님의 버릇 고치기
그것이 쥔님에게 사육되는
평화의 대가라는 걸 깨닫는 순간…
양은 이미 양으로서 살아갈 수 없다.

퍼.굴.이.가.라.사.대. 작은 울타리에서 주는 먹이에 만족할 것인가… 아니면 더 넓은
위험한 초원으로 갈 것인가….

딸랑이에 관한 진실...

1. 항상 주인을 기쁘게 하기위해 딸랑거린다..
2. 딸랑 거리는 거외에는 별로 할일도, 할줄 아는것도 없다.
3. 항상 주인의 곁을 맴돈다.
4. 주인이 심하게 보채어 딸랑거림이 소용없더라도 계속 딸랑거린다. (그거 밖에 못하니까...)
5. 주인이 성장하기 전엔 최고의 대우를 받지만, 주인이 성장하면 버려지거나 남에게 주어진다.
6. 주인이 바뀌어도 새로운 주인을 위해 딸랑거린다.

딸랑딸랑딸랑딸랑..

앗! 띨땅님이다...
띨땅니이잉님~

콩!   콩!

하지만 딸랑이로 살아가길 원하는 사람들은
어딜 가나 꼬옥 있다.

A점에서 B점으로 가는
가장 가까운 거리를 맞춰보세요.
직선의 가운데는
굳건한 벽으로 막혀 있답니다.

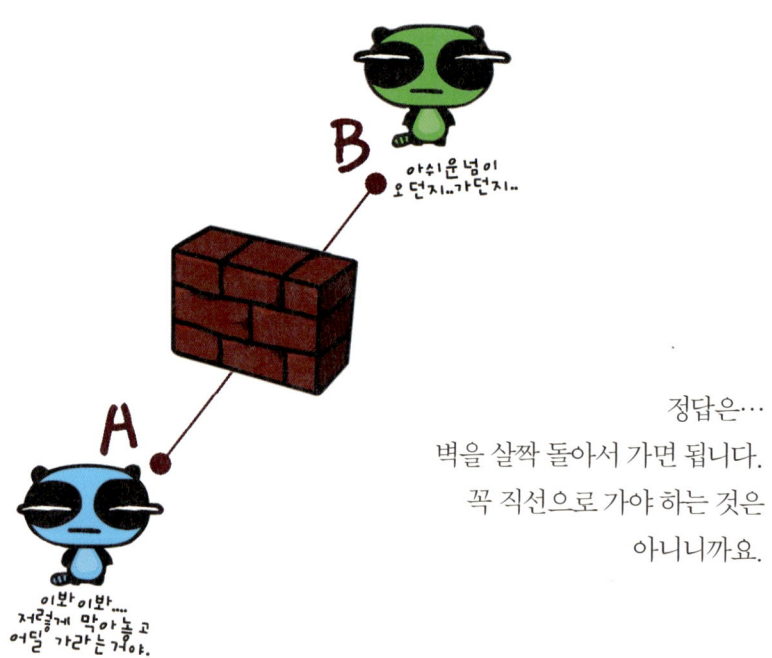

B

아쉬운 넘이
오던지..가던지..

정답은…
벽을 살짝 돌아서 가면 됩니다.
꼭 직선으로 가야 하는 것은
아니니까요.

A

이봐이봐….
저렇게 막아놓고
어딜 가라는 거야.

퍼.굴.이.가.라.사.대. 그 알량한 자존심 때문에…
우리는 돌아가지 못하고 끙끙대는지도 모릅니다.

최소한, 몽둥이 들고 쫓아가기 전에
하늘은 한번 올려다보렵니다. 나는 뭐가 잘났나….

게으름에 대한 예찬

눈을 떠보니... 햇살은 비추는데...
생각해보니 휴일이다...
쉬야도 안 마려우니...
구태여 일어날 필요도 엄꼬...
이불안은 따땃하니...기분좋고...
이불은 대충 휘감고 누워...
아침햇살을 즐기며..
몽롱한 늦잠을 즐기는 것....

한 12시쯤 일어날까?
아니면 하루종일 이러구 있을까...
아..행.복.해...

ㅎ에...ㅎ으에에...
ㅎ에ㅎ에...

내 처지엔 희망일 뿐…
하지만 게으름 = 행복이란 이상한 공식은 성립된다.

이제 고마하자
마이 묵었다….

171

우리나라 사장님들이 바라는 우수직원상….

현실과 낭만은 아주 밀접하지만⋯
또 전혀 닮지 않은 그런 것⋯.

MindControl

요새 정말 느끼는 건데…
사람은 머릿속에 무엇을 그리느냐에
따라서…
그 순간이 행복해질 수도…
또 불행해질 수도 있다…

결국 천국과 지옥은 우리 마음속에
있나보다…

한 개비밖에 남아 있지 않은 담배와…
그 담배를 피는 동안의 행복은… 동시에 일어난다.

가을타기…
맴이 뻥 뚫려뿌러쓰…
가을인겨…떠나가는 오리들아…

퍼.굴.이.가.라.사.대. 12월까지… 줄창 일하는 날만 남고, 삶은 서글퍼지고….

랄라라랄라라...랄라랄랄라....

어디 갈 곳 없이.... 오랄 곳도 없이...
계속 같은 자리에서 빙빙 돌아다닌다 할지라도,
자유롭고, 쉬기 때문에...좋다!

그렇다! 이것이 휴일인 것이다!

주말인데 갈 곳 없고, 만날 응응 없다고 외로워 말라.
자유롭고, 데굴거릴 수 있다면 그걸로 족한 것을….

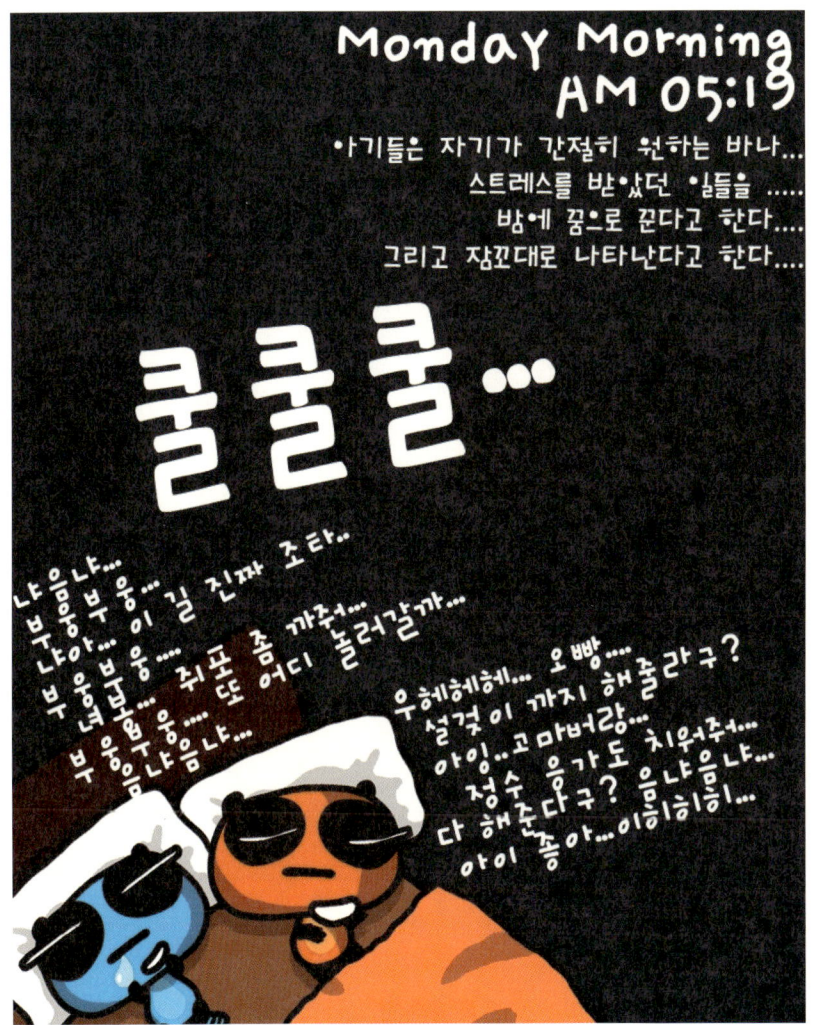

간밤에 무슨 꿈들을 꾸셨나요?
피곤에 지쳐 바라는 것조차 사라진 것은 아니겠죠.

겨울을 눈앞에 둔 10월 마지막주 월요일...
오늘 퇴근길의 하늘에...
흐릿한 도시하늘에 가리워져...
잘 보이지 않을... 아직도 행복하고 있을,
우리별에 보내고픈 메세지 하나...

" 난 잘 있다구...
　　조금 더 추워져도 좋을꺼 같아..."

SOS.. SOS...
SOS.. SOS...

쓸쓸했던 가을이 가고, 차가운 동화 같은 겨울이…
이 낯선 별에서 모두들 잘 적응하고 계시는지….

밖을 훤히 내다볼수 있는
좁은 유리상자안에 들어가...
바깥의 삶의 군상을 보며
결론 짓는 것이
관찰이고,
시각적 해석...

만약 그 상자를 박차고 나온다면...
비바람을 막아주던 상자가 없어
심신은 고단할지 몰라도,

보는 것만이 아닌
보고, 만지고, 냄새맡고,
같이 할수 있는
경험이라는 절대 잊지 않는
당신만의 보석을 가질 것...

오우~ 전방 30M에
틀림없는 쭉쭉빵빵...출현!

Creative

지금 상자 안에서 모든 진실을 파악했다 생각했다면
그건 큰 오해….

행복했을까?
지금 이 직업이 아닌 다른 직업이라면…
훨씬 더 행복했을까?

고구미..고구미..
불타는 고구미...

퍼.굴.이.가.라.사.대. 그냥 인생이 지겨운 날엔 간혹 생각해봅니다….

WINTER

올해도
　　수고하셨습니다!

우리네 하루와 로또의 다른 점

시작은 기대와 꿈에 가득 차서…
끝은 현실을 인식하며 다음을 기약하고… 투덜투덜….

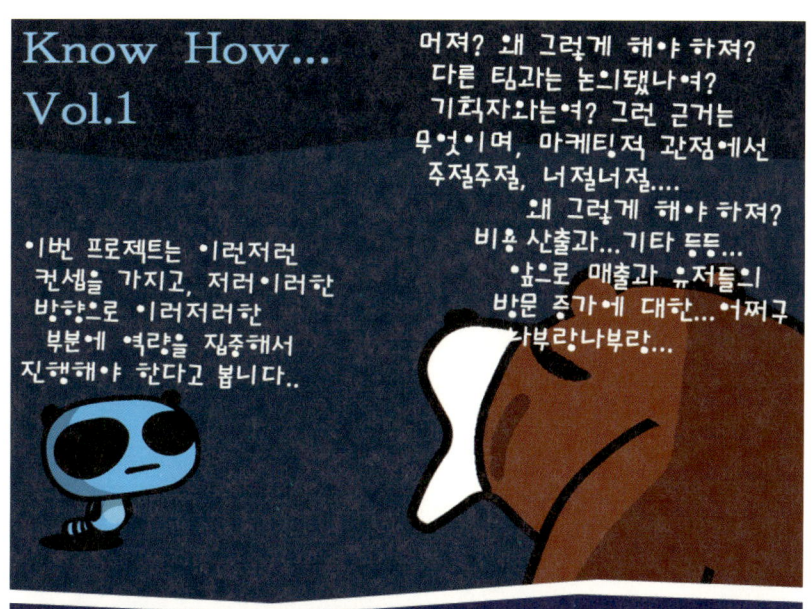

절대 개그로만 웃어넘기지 못할 이야기…
지금도 여기저기서 일어나는 이야기….

욕심을 버리고, 사심을 버리고, 마음을 비우고,
성질을 버리고, 짜증을 접어버리고, 증오를 묻어버리고… 헉헉….

내가 생각하는 디자인과 인생의 닮은 점.
뜻과 목표와 생각과 이해와 믿음, 그리고 강렬한 그것을
모두에게 각인시킬수 없다면,
그것은 본인도 모르는 혼자만의 행위예술...

....
내가 멀한거지?
머라구 우겨대나?
작가의 정신세계
표출이라 우겨볼까 ????

휘리리리리리리리리...

찻!

현란한 테크닉과 달콤한 미사여구가 아닌, 진실된 마음과 이해,
그리고 현명한 생각으로 시작합시다!

마법의 주문…
불만, 투덜거림, 다른 회사로의 이직,
뭐… 기타 등등, 기타 등등…
이 주문 하나로 싸악 해결된다…
계속 반복해서 외우면 효과가 더 커진다.

퍼.굴.이.가.라.사.대. 월급반지와 거의 동등한 파워를 자랑한다.
경제가 나아지기 전에는 효력 만빵!

주사위 두 개를 던져
내 앞날을 운에 맡기는 것은
지극히 한심해보일는지 몰라도…
그 무게를 가득 실은
주사위 두 개를 던지는 것이
얼마나 큰 힘이 필요한지를 생각해보면…
그리 한심한 일도 아니다.

우랏샤!
운에 맡겨 볼란다.

퍼.굴.이.가.라.사.대. 내 삶의 무게를 담은 무거운 주사위를 들어 과감히 던질 수 있
는 힘을 주소서….

쓸데없는 것도 칼을 대며 살아온 시간들을… 반성하고 후회하며….

MEMORY...

잊고 있었습니다.... 지금은 겨울이라는걸...
따뜻한 날씨이긴 하지만, 곧 첫 눈이 오겠지....

첫 눈이 오는 그날은,
갓 구운 군밤 한봉지를 사서, 색시랑, 아들이랑
행복을 즐기리라... 계획해 봅니다.

호오... 군밤값은
생활비에서 달라해야지..
호오....

기억해낸 것 하나… 그건 바로 겨울을 따뜻하게 즐기는 방법….

어쩌면 주말에
우리에게 필요한 것은
즐거운 이.벤.트.

흔들..흔들…

흔들..흔들…

삐에에에에에에…

췡췡췌췌췌췌췌…

흔들..흔들…

퍼.굴.이.가.라.사.대. 한 주의 짜증과 피곤함과
스트레스를 싸악 지워줄 수 있는 이벤트… 어디 없나아?

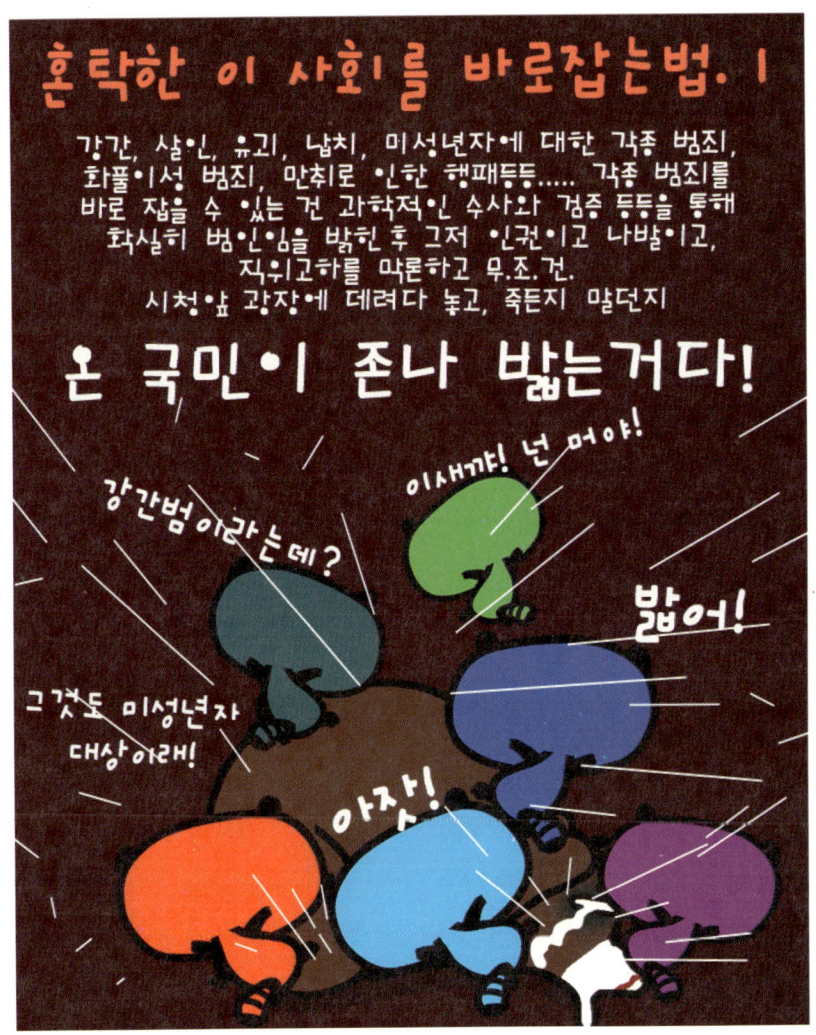

딱 5년만 이렇게 하면 모두가
밤에 웃으며 거리를 활보할 수 있다.

욕심도, 원한도, 슬픔도, 모두 지워버리고
모두가 평안한 마음으로 사는 것.

쓸모 없는 골프장보다도
휘얼씬 나을 듯… 아잣!

퍼.굴.이.가.라.사.대. 퍼굴이의 행복한 미래는 다운시프트.
강원도의 어느 작은 도시에서의 행복한 삶.

요 얼마전에 생각난건데...

옛날 어렸을적엔,
집집마다 연탄 보일러를 때고 있어서...
연탄재를 대문간에 놔두곤 했었고...
나와 동네 개구장이들은 그걸 뿌시고,
또 그집 벨 누르고 잼싸게 도망가고...

요새 같이 멀해도 우울할땐
그때의 그 아슬아슬한 놀이들이
문득문득 생각이 납니다.

니 애비다!
캬캬캬캬캬캬!

누구쇼~

딩동딩동...

파파파파파파파파파파파라고요

진짜 아슬아슬하고, 짜릿했었지… 캬아!

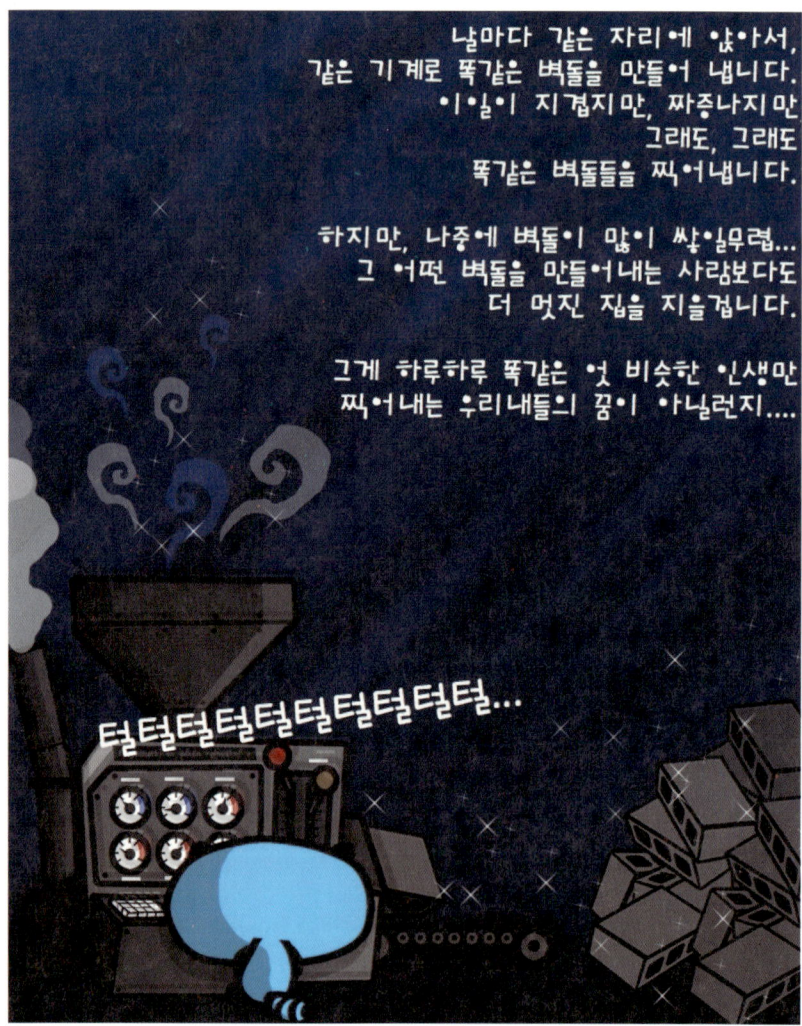

하루는 단조롭고, 반복될지 몰라도…
그 하루하루가 모였을 때는 아름다운 꿈이 실현되기도 합니다.

발바닥을 찌르는 아픔 때문에…
더 중요한… 제자리뛰기를 잊어버리고 살 때도 있었다.

울 아들놈은 마구 뛰어가다가…
한 방향으로 중심을 잃고 쓰러질라치면…
두 팔을… 쭉 뻗어, 중심을 잡곤 한다.
나도 아들에게 배워야겠다….
사회생활 속에서 마구 뛰어가다
중심을 잃었을 때…
바로 중심을 잡을 수 있는
그런 기술을 말이다….

퍼.굴.이.가.라.사.대. 이제 14개월인 아들놈이….
33세 된 이 아빠보다 나은지도 모른다….

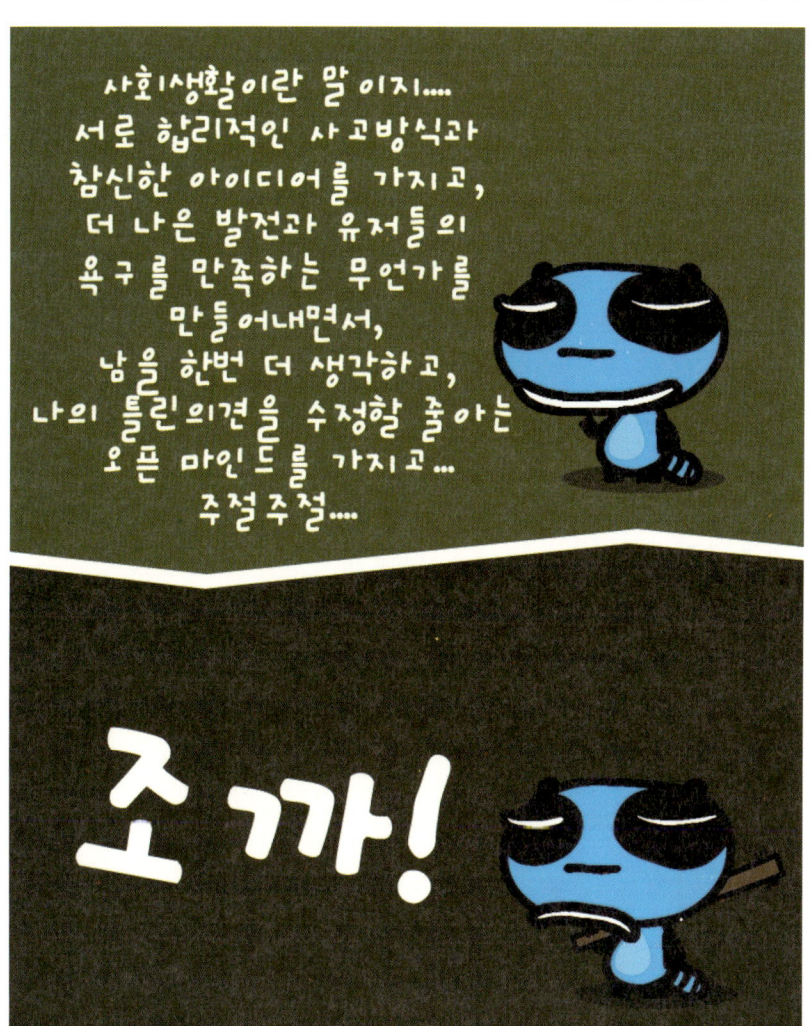

사회생활이란 말 이지....
서로 합리적인 사고방식과
참신한 아이디어를 가지고,
더 나은 발전과 유저들의
욕구를 만족하는 무언가를
만들어내면서,
남을 한번 더 생각하고,
나의 틀린 의견을 수정할 줄아는
오픈 마인드를 가지고...
주절주절....

조 까!

위의 이론은 다들 알고 있는데….
정작 행동은… 이것이 이론과 실제의 괴리감….

기억 되살리기

매년.... 칙칙한 연말이 점점 더 강세...
오늘은 우리..기억을 되살려 봅시다...
따끈한 그 날이 다가옵니다.

저게 머 드라?
누가 이 불경기에
나무에 전구를…
번떡번떡 켜놓구 난리야..

어렸을 때는 이때쯤부터… 그날이 몹시도 그리웠는데….

더군다나 아저씨들의 숙취로 인한 입김이 뿜어지면…
하루가 우울하다….

Mind Control

내가 어떠한 위치에서 얼마의 연봉을 받으며,
몇 명을 쥐었다 놨다 하면서
연말 인센티브는 몇 퍼센트가 나온다에
목숨 거는 것보다는,
추운 겨울에 자판기 커피 뽑아먹을 동전이 넘쳐서
맨날 같이 노는 옆자리 친구에게 한 잔 쏘는 것…
거기서 행복할 수 있었으면 합니다.

웬일이여…
개과천선 했구만…

닥쳐!

삑‥삑‥

퍼.굴.이.가.라.사.대. 물론 좋은 게 좋은 거지만,
맨날 그런 것에서 가치를 따지면 어느새 집착하
는 나를 발견할까 봐….

대체에너지형 너굴

뭐… 충전해놓은 건전지가 예상 외로
일찍… 닳아빠지는 경우… 구하기 쉽고,
또 정신에너지 회복에 빠른 대체에너지…
담배에 의존합니다.
치명적인 결함이 있는 에너지이지만…
어쩔 수 없이 기대해봅니다.

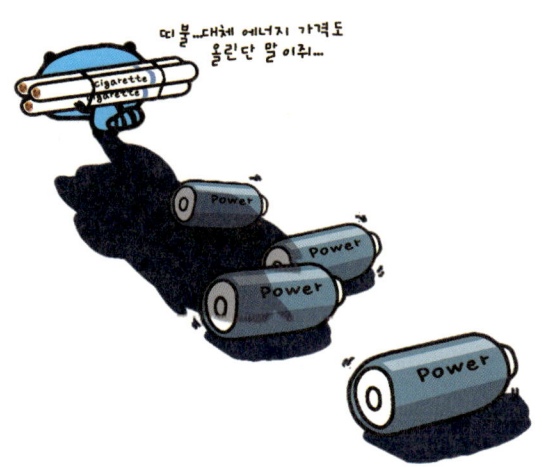

띠 뿔…대체 에너지 가격도
올린단 말 이뤄…

Cigarette
Batteries

Power

Power

Power

Power

퍼.굴.이.가.라.사.대. 아직 담배라는 에너지를 주입해본 적이 없다면, 다른 에너지
찾기를 적극 권하는 바입니다…. ㅠ_ㅠ

그 시절 친구들을 부르는 나의 목소리가 그들에게도 들릴까?

그렇게… 나는 다시 돌아왔답니다….
누구 안 가지고 노는 레고 있음 보내주세여…ㅠ-ㅠ

또 20년 정도 흐르면…
난 오늘을 어떻게 기억할까….

찬바람•이 제법 부는 퇴근길 거리•에서
•어디 들렀다 갈 곳•이 없나...
내 머릿속의 •이정표를 들•여다 보니...
•이젠 회사 와 집...
딱 두개만 남•았더라....

나머지 푯말들은 ...
누가 다 떼•어갔을까?

워디 로..갈까..워디 로 갈까...
워데..가아아아아아아~

회사
집

?

워디 로..갈까..워디 로 갈까...
워데..가아아아아아아~

만화가게, 오락실, 쏘다니기… 등등의
재미있는 이정표들… 잘 간직하고 계시죠?

왜… 겨울밤 12시가 가까워 오면 출출할까…
따땃하고, 얼큰한 그 무엇이 생각난다….

연말소득공제!
받아내자! 내 피 같은 돈!
첨부 안한 내 서류 한 장, 국회의원 새 의자 된다.

퍼.굴.이.가.라.사.대. 자자… 다들 준비 잘하고 게시죠?

우리들 스스로가 우리 목을 죄고 있는 건 아닌지….

휘이이이이이....

휘이이이이이....

그동네....
차가운 바람이 스쳐지나가는
전봇대 위에 앉아 있다면,
점점 작아져 가는
그 따스함의 소중함이
다시 기억 날까...

추워지면 자꾸 그리워지는 것들…
그건 아주 오래전… 즐거웠던 희미한 기억들….

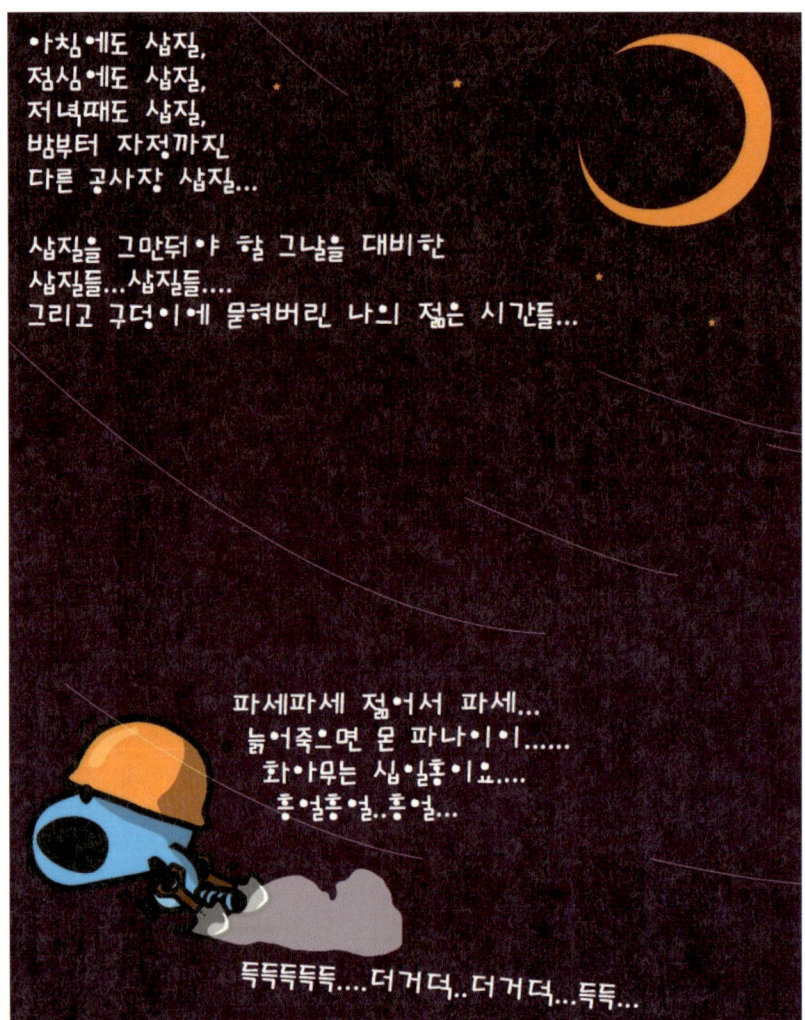

아침에도 삽질,
점심에도 삽질,
저녁때도 삽질,
밤부터 자정까진
다른 공사장 삽질...

삽질을 그만둬야 할 그날을 대비한
삽질들...삽질들....
그리고 구덩이에 묻혀버린 나의 젊은 시간들...

파세파세 젊어서 파세...
늙어죽으면 못 파나이이......
화아무는 십이홍이요....
홍이홍이얼..홍이얼...

득득득득득....더거더..더거더...득득...

희망찬 노후를 위해… 여기저기 삽질…
근데 왜 쪼끔 서글플락말락 할까나….

전문가의 컨설팅...

사실.... 점 이란것 자체를 믿진 않는다.
다만, 내년엔 운이 트일것이여...
한마디면....
그날 복채는 값을 다한거라고 생각한다.
누군가 그 계통의 전문가에게
위로 한마디.....
그건 정말 크나큰 위로이자, 희망이다.

남

에...또....
그려..내가 하고픈 말이
그거였어...

머...다른건 필요없구요...
그냥 내년엔
좋은 운이 트인다는
말 한마디면 돼요...

올해는 정말이지… 개인적으로 재수 옴 붙었다는 말이 나오는 해이다…
아무래도 전문가의 위로 한번 받아야 할 듯….

이 주술은… 전체적 제어가 잘되는 듯 보여도…
양날의 검처럼… 증오의 이면을 가진 주술….

'급' 은 계급의 주⋯. '화' 는 열받음의 일컬음⋯.

呪ᵤ에 대해… 03

가장 올바르고 큰 행복을 가져다주는 '주'가 있다.
그건 상대방을 배려하고 아끼는 '주'
이것은 나에게도 행복과 평화를 가져다준다….

퍼.굴.이.가.라.사.대. 그 간단한 '주'를 걸면, 거는 주술사와 걸리는 상대…
모두 행복해지는 것을….

지금의 상황이 최악이라는 것은
이젠 떨어지기 보다
올라갈 일만 남았다는 것을
알아두자

만약 더 떨어질 곳이 있다면
적어도 우린 최악의 상황이 아니다

이젠 당당히....
사회란게 다 그렇다는
변명파워 집어치우자.

IT는 야근이 머덕이여!

쿠 헬헬헬....
아직 벼랑에서
떨어지진 않았다구..
다만 추울뿐이지..

아웃사이더용
레젠트 헤어스타일

불경기에 보너스는 무슨!

경제가 안좋아

회사란게 다그렇쥐

쿠 이이이이이이이이이이이이이이이

원래 회사란게, 조직이라는게... 다 그래.

배고파totototototot

힘든 세상의 벼랑에서 겨울바람을 즐기다.
아웃사이더가….

하루의 절반 정도를 지내는 그곳이… 지옥이 되지 않게.
우리 모두 온기를 불어넣자.

그러게…
일은 업무시간에
마무리를 지으란 말이다….

뽀끔…뽀끔…
뽀끔…뽀끔…

맨날
퇴근시간에
일 만드는
기획자
잠들다.

퍼.굴.이.가.라.사.대. 같이 일하는 동료를 위해… 일은 업무시간에…
전달은 정확히, 자기 생각, 느낌 한 번만 더 점검하기….

winter

결국… 많이 가서야… 세웠지만….
그때는 그말 때문에… 많이 참을 수 있었습니다.

계속 거기 있으면 굶어죽으니 월요일 아침에 다시 기어올라와야지….

내가 바라는 변화와는 상관없이 시간은 흘러가고 있다.

늦은 밤 …
보잘 것 없고, 작은 불빛이라도…
지친 내가 돌아가
쉴 수 있는 집이 있다는 것은
정말로 행복한 것…

끝없는 욕심을 채우려 하루 종일 밖으로 헤매는
우리들을 반겨주는 그 작지만 따스한 불빛… 보이시나요?

223

솔로 부대들이여!

그대들은 아는가!

돌아올 수 없는 강을 건너버린 자의 슬픔을….

크리스마스에 유부남이라…

마눌과 아들이 있어서 솔로보다 낫다고들 하시는뎅…

크리스마스 이브날…

쓰레기 재활용하고 있어보시라…

저거 끝나믄 집에 들어가서 걸레질하고…

아들 기저귀 갈아줘야 한단 말이닷!

퍼.굴.이.가.라.사.대. 차라리 솔로 때는 맘 편히 크리스마스 특집 프로라도 봤쥐!

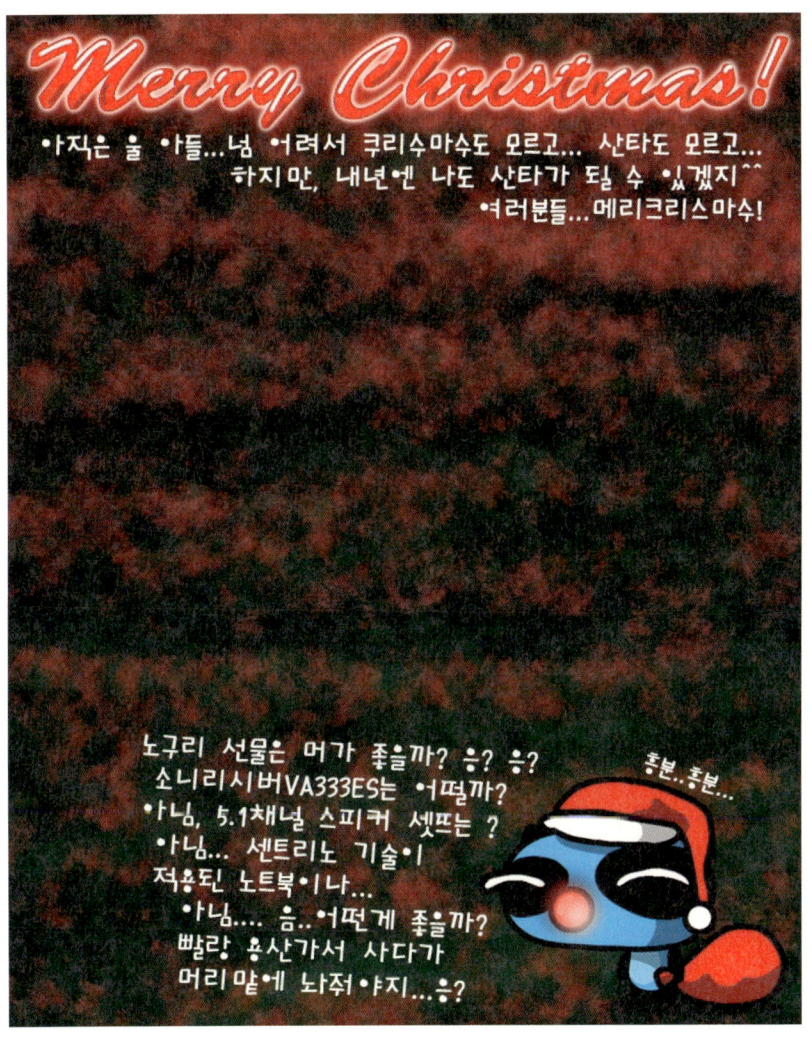

솔로 부대원들도, 유부남도, 유부녀도,
커플들도, 곰탱이들도, 모두모두 메리 크리스마쓰ㅇㅇㅇㅇㅇㅇ!

일식집 앞에 주로 있는 고양이 인형은…
왼팔은 사람, 오른팔은 돈을 부른다고 한다.
팔을 높이 들면 높이 들수록
멀리 있는 사람이나 돈을 부른다는 것이다.
나도 복을 부를 수 있고,
고양이 인형보단 훨 낫다는 걸 보여주마!
얼마든지 높이 들어줄 수 있다!
저요!

퍼.굴.이.가.라.사.대. 우리 모두 원하는 게 있을 땐 손을 듭시다! 자! 높이 높이 소온!

다짐...

최소한, 지는 해를 보면서,
뭔가 깨름직한 하루가 되지 않는
하루에 솔직한 일주일을 만들겠습니다.

오늘 지는 해 앞에서 떳떳하다면,
내일 아침에 뜨는 해 앞에서도, 난 떳떳한 것을….